Para

com votos de paz.

DIVALDO FRANCO
PELO ESPÍRITO
JOANNA DE ÂNGELIS

NASCENTE DE BÊNÇÃOS

EDITORA LEAL

Salvador
3. ed. – 2024

COPYRIGHT © (2001)
CENTRO ESPÍRITA CAMINHO DA REDENÇÃO
Rua Jayme Vieira Lima, 104
Pau da Lima, Salvador, BA.
CEP 412350-000
SITE: https://mansaodocaminho.com.br
EDIÇÃO: 3. ed. – 2024
TIRAGEM: 3.000 exemplares (milheiro 15.000)
COORDENAÇÃO EDITORIAL
Lívia Maria C. Sousa

REVISÃO
Adriano Ferreira · Plotino da Matta
CAPA
Cláudio Urpia
MONTAGEM DE CAPA
Ailton Bosco
EDITORAÇÃO ELETRÔNICA
Marcus Falcão
COEDIÇÃO E PUBLICAÇÃO
Instituto Beneficente Boa Nova

PRODUÇÃO GRÁFICA
LIVRARIA ESPÍRITA ALVORADA EDITORA – LEAL
E-mail: editora.leal@cecr.com.br

DISTRIBUIÇÃO
INSTITUTO BENEFICENTE BOA NOVA
Av. Porto Ferreira, 1031, Parque Iracema. CEP 15809-020
Catanduva-SP.
Contatos: (17) 3531-4444 | (17) 99777-7413 (WhatsApp)
E-mail: boanova@boanova.net
Vendas on-line: https://www.livrarialeal.com.br

Dados Internacionais de Catalogação na Publicação (CIP)
(Catalogação na fonte)
BIBLIOTECA JOANNA DE ÂNGELIS

F825   FRANCO, Divaldo Pereira. (1927)

Nascente de bênçãos. 3. ed. / Pelo Espírito Joanna de Ângelis
[psicografado por] Divaldo Pereira Franco, Salvador: LEAL, 2024.
208 p.
ISBN: 978-65-86256-43-7

1. Espiritismo 2. Psicografia 3. Reflexões morais
I. Franco, Divaldo II. Título

CDD: 133.93

Bibliotecária responsável: Maria Suely de Castro Martins – CRB-5/509

DIREITOS RESERVADOS: todos os direitos de reprodução, cópia, comunicação ao público e exploração econômica desta obra estão reservados, única e exclusivamente, para o Centro Espírita Caminho da Redenção. Proibida a sua reprodução parcial ou total, por qualquer meio, sem expressa autorização, nos termos da Lei 9.610/98.
Impresso no Brasil | Presita en Brazilo

SUMÁRIO

Nascente de bênçãos	7
1. Providência Divina	11
2. Autodeterminação	17
3. Interferência espiritual	23
4. Irascibilidade	29
5. Autoconsciência	35
6. Experiências novas	41
7. Insegurança	47
8. Jesus, o Incomparável	53
9. Angústia	59
10. Seguidores de Jesus	65
11. Construção do Reino de Deus	69
12. Seleção natural	75
13. Eutanásia, crime hediondo	81
14. Venda de órgãos humanos	87
15. Cirurgias espirituais	93
16. Alegria de viver	99

17. Compromisso com o amor	105
18. Irmão da Natureza	111
19. Alterações do destino	117
20. Afetividade doentia	123
21. Renascimento	129
22. Definições	135
23. Mediunidade e paz	141
24. Dívida e resgate	147
25. Bênçãos	153
26. Instabilidade emocional	159
27. Hino à imortalidade	165
28. Problemas existenciais	171
29. Institutos de ação moral	177
30. Reconhecimento	183
31. Viciações mentais	189
32. Amor aos desencarnados	195
Índice onomástico	201

NASCENTE DE BÊNÇÃOS

No torvelinho agitado das horas, o ser humano transita com emoções desordenadas, sem o tempo necessário para atender aos deveres a que se vincula, quase sempre experimentando estresses e desconfortos morais que o atormentam.

Elabora planos que espera cumprir, não obstante os enfrentamentos no trabalho de manutenção da vida física, bem como os compromissos familiares e sociais levam-no ao cansaço ou ao desencanto, pela impossibilidade de tudo realizar conforme desejaria.

Examina como transcorrem as existências na Terra e anela pelas posições de relevo, situações econômicas de comodidade, recreação, saúde irretocável e, porque a sua é uma condição diferente, desarmoniza-se e estorcega no ressentimento em relação à vida e ao destino que considera cruel.

As filosofias existenciais que encontra convidam ao prazer e à irresponsabilidade, fazendo crer que os sorridentes e galhofeiros são felizes, porque se apresentam sempre joviais e indiferentes aos problemas, como se a vida lhes fosse um passeio festivo pelo mundo da fantasia.

A sua é uma realidade diversa, assinalada por trabalhos exaustivos e preocupações que se renovam, não lhe facultando fruir do conforto que se distende por quase toda parte.

Essas reflexões, porém, não correspondem à realidade.

O ruído de muitos que gargalham nem sempre é de alegria, mas de desequilíbrio emocional.

O conforto a que inúmeros se atiram quase sempre lhes amolenta o caráter ao invés de lhes manter o bem-estar.

A posição relevante em que diversos transitam é assinalada por sacrifícios e provações que não são percebidos. Certamente, eles se sentem bem nesse mundo de disputas, invejas e traições, mas não desfrutam de felicidade real, porque também sabem quanto é transitório o êxito mundano.

De outra maneira, a escada que conduz à fama e ao brilho na Ciência, no pensamento, na arte, na fé é feita de muitos degraus que devem ser galgados com muito sacrifício, nos quais se deixam lágrimas e pegadas de dor. Ninguém que haja atingido o auge sem haver transitado pelas dificuldades do começo, se não hoje, sem dúvida no passado.

A existência na Terra é um contínuo convite ao aprimoramento moral e incessante proposta de desenvolvimento interior.

Aquele que se esforça para aprender sempre poderá aspirar pelo momento de saber e ser feliz.

É valioso, portanto, o empenho que todos devem aplicar na conquista de si mesmos e das bênçãos que a vida oferece àqueles que lutam, sacrificam-se e constroem a sociedade digna.

Multiplicam-se na Terra as nascentes de água refrescante e de luz mirífica.

Nos oásis, essas nascentes são a presença do Amor de Deus em benefício de todos quantos atravessam os desertos.

Nas ilhas, são dádivas da Misericórdia do Pai para que a vida não desapareça.

Nos prados, são responsáveis pela paisagem rica de cor, de perfume e de frutos que favorecem outras vidas.

Nas mentes, são focos de claridade diamantina, liberando-as das sombras da ignorância e do atraso em que se mantêm.

Nos sentimentos, são hinos de esperança e de ternura, que contribuem para o desenvolvimento do amor e da caridade.

Na conduta humana, são forças que dessedentam ante a canícula das paixões e suavizam a ardência do desespero.

É necessário, portanto, observar, como ensina Jesus, as nascentes do coração de onde promanam os bons como os maus pensamentos, palavras e ações.

Este modesto livro é uma nascente de bênçãos para o caro leitor que nos honrar com a sua atenção.

Não é portador de originalidade, nem objetiva oferecer uma contribuição intelectual relevante.

É constituído por reflexões que nos permitimos durante a viagem de estudos e atividades doutrinárias que os irmãos Nilson de Souza Pereira e o médium de que nos utilizamos realizaram à Europa no período assinalado desde a primeira até a última mensagem.

Considerando os temas que foram abordados em cada um dos dias, detivemo-nos em proceder uma análise espírita, procurando ampliar as palestras proferidas, deixando grafados os nossos pensamentos.

A variedade de assuntos é representativa dos episódios vividos pelos viajantes, e dos comentários nos grupos onde estiveram e com as pessoas com quem conviveram.

Esta é a maneira que nos pareceu própria para distender as informações a outros corações amigos que não participaram da jornada, o que se torna possível graças à bênção das letras.

Como o elenco das questões foi muito grande e, às vezes, repetitivo, em razão dos temas que foram propostos nas diversas cidades visitadas nos 11 países onde se apresentaram a convite de outros corações amigos, estudantes do pensamento espírita, variamos o enfoque, preservando os assuntos comentados.

Esperamos, desta forma, haver contribuído, modestamente embora, em favor da literatura espiritista, realçando as suas bases cristãs, por ter no Evangelho de Jesus a melhor moral, a mais compatível com as necessidades da criatura humana de ontem, de hoje e de amanhã, conforme acentuou o codificador Allan Kardec.

Londres, Inglaterra, 13 de junho de 2001.

Joanna de Ângelis

1
PROVIDÊNCIA DIVINA

A Onisciência Divina estabelece os Seus Códigos Soberanos com perfeição e sem qualquer improviso, tendo em vista os acontecimentos que se deverão desenvolver à medida que o progresso assinale as conquistas que vão sendo conseguidas.

Programando o ministério de Jesus e a difusão da Sua Doutrina de amor, fez com que Espíritos nobres mergulhassem na indumentária carnal em diferentes períodos do pensamento histórico, a fim de que as criaturas pudessem ampliar a percepção em torno do futuro empreendimento libertador para as consciências humanas.

Desde tempos imemoriais, nos diversos países e culturas, missionários sábios trouxeram, por determinação divina, fragmentos da Verdade que deveriam facilitar o entendimento das Leis da Vida, preparando o advento do Messias de Nazaré.

Desse modo, jamais faltaram às criaturas terrestres as diretrizes de segurança e as luzes do entendimento que lhes facultassem gerar critérios capazes de despertar os valores eternos que se lhes encontravam adormecidos no germe do ser.

De acordo com o nível de consciência de cada estágio da evolução, assim como da dimensão do pensamento, leis rigorosas e orientações severas abriram os espaços mentais do ser humano para compreender lentamente os objetivos existenciais e perceber a própria imortalidade, em cujo oceano de bênçãos se encontra mergulhado.

À medida que o aprimoramento moral se foi estabelecendo, esses códigos de regência dos destinos se foram tornando amenos e mais compatíveis com os naturais processos de evolução.

Saía-se do primarismo dos instintos para a ética dos costumes, atenuando a belicosidade asselvajada, de forma que a cultura e a civilização se inscreviam nos painéis emocionais e mentais, aprimorando o caráter e o sentimento, embora na atualidade ainda vicejem alguns remanescentes da brutalidade e da sistemática vinculação com a hediondez.

Conhecendo a prevalência das manifestações primárias sobre a natureza espiritual do ser em evolução, o Criador generoso facultou que os gênios do bem e do progresso insistentemente trabalhassem as faculdades da razão e da emoção humana, a fim de poder assimilar a Mensagem incomparável do Mestre, ao mesmo tempo dilatando-lhe a capacidade de comunicação entre os diferentes povos perdidos no labirinto dos seus complexos dialetos e idiomas, que lhes dificultavam a aproximação e a transmissão dos conhecimentos.

Lentamente, foram-se ampliando os horizontes da Humanidade através das guerras, caminho único para aqueles padrões comportamentais do passado, nos quais predominavam a força e a dominação arbitrária.

Os burgos, aparentemente autossuficientes, deram-se conta então da necessidade de cada qual buscar hegemonia sobre os demais, ao mesmo tempo que se pudessem fortalecer contra os inimigos comuns, ampliando dessa forma as suas fortificações e passando a invadirem-se reciprocamente uns aos outros, estabelecendo mecanismos de defesa para sobreviver nos períodos de caos, assim se inter-relacionando e adotando línguas que lhes facultassem a convivência.

Expandindo-se os territórios físicos do mundo terrestre, foram-se tornando conhecidos os povos, suas culturas e hábitos, mesmo que sob os clangores das guerras lamentáveis.

Nesse comenos, foi convocado à reencarnação o Espírito Alexandre Magno, da Macedônia, que nasceu no ano 356 a.C. com a missão de difundir o pensamento e a língua grega, havendo sido discípulo de Aristóteles e admirador de Diógenes, de modo que os diferentes povos da Eurásia oportunamente pudessem compreender a Mensagem de Jesus, que seria divulgada pelo Apóstolo Paulo, também nesse idioma.

Logo depois, reencarnando-se o mesmo Espírito como filho de Flávia Júlia, o futuro Júlio César iria submeter os diversos povos conhecidos a uma única hegemonia, levando-lhes o latim para, ao lado do grego, tornar-se idioma universal sob a inspiração da Divindade, com o mesmo fim de expandir no futuro, por todo o mundo, a mensagem da Boa-nova.

Preparado o solo dos corações, Jesus veio à Terra e tornou-se o divisor incomparável da História. A Sua proposta de amor, rica de sabedoria, rompeu a treva densa da ignorância, abrindo claridades dantes jamais alcançadas para a construção do Evangelho, isto porque o mundo conhecido quase todo se encontrava sob a dominação de Roma, de onde partiria a Revelação que os apóstolos Pedro e Paulo deveriam difundir.

Paulo, fascinado pelos Seus ensinos, tendo nascido em Tarso, cidade grega, onde aprendeu o idioma de Atenas, mas submetida ao jugo romano, estudou o latim e, descendente de hebreus, falava o idioma de Israel, equipado, portanto, para o ministério ímpar da disseminação do Reino por toda parte.

Posteriormente, após a decadência do Império Romano, Carlos Magno foi chamado à liça e voltou a reunir parte do mundo fragmentado, de modo a criar as condições sociológicas e históricas para o advento do Espiritismo, que chegaria à Terra mais de mil anos depois.

As lutas sucederam-se na esteira dos tempos, e a Humanidade esfacelou-se em guerras contínuas, quando a França foi invadida pela Inglaterra, que trazia o peso da cultura anglo-saxônica e ameaçava a ancestral estrutura latina do país.

A Sabedoria Divina conduziu então à reencarnação Joana d'Arc, renascida em 1412 na pequenina Domrémy, na França, a fim de reunir e reconduzir a vitórias o desestruturado exército francês, coroando o débil Carlos VII, em Reims e, mesmo tombando vitimada pela intolerância e pusilanimidade dos seus coevos, deixou o país em reequilíbrio, de forma que, no momento próprio, se pudesse concretizar a programação estabelecida para o futuro.

Cansada dos dias do terror, com os códigos dos direitos humanos firmados e os ideais de Liberdade, Igualdade e Fraternidade desfraldados, a velha Gália recebeu Napoleão Bonaparte, nascido em Ajácio, na Córsega, no ano de 1769 para reunir os Estados europeus, a fim de que Allan Kardec pudesse decodificar o pensamento de Jesus e atualizar o conhecimento espiritual à luz das conquistas da moderna Ciência, assim como reconduzir a investigação de laboratório às causas que geram a vida, utilizando-se o então idioma da cultura e da diplomacia para logo alcançar as diferentes nações.

Instalados os postulados do Espiritismo no arcabouço cultural da Humanidade, aos homens, em perfeita e lúcida comunhão com os Espíritos, cabe a tarefa de fazer resplandecer a Doutrina de Jesus Cristo, instaurando a Era da Imortalidade em triunfo acima das convenções vigentes e do materialismo predominante nas academias e na conduta de muitos que professam o espiritualismo ancestral nas suas diversas vertentes.

A Onisciência Divina, que programou o Espírito para a glória solar, propicia-lhe, desde os primórdios da Criação, os recursos hábeis para a sua autoiluminação e o desenvolvimento dos valores adormecidos no imo, alcançando, patamar a patamar, os elevados níveis da sublimação e da plenitude.

Ninguém foge ao destino que lhe está reservado, que é a conquista da paz real e a vitória total sobre as paixões.

Passo a passo, vai-se superando, mesmo que sob as injunções do sofrimento, quando se recusa aos nobres impositivos do amor, e elevando-se, sem cessar, no rumo da angelitude.

O improviso não faz parte dessas Leis Soberanas, encontrando-se delineados os objetivos existenciais e os recursos próprios para que se torne factível o encontro com as consciências pessoal e divina.

Ao ser humano cabe o dever de investir esforço e sacrifício incessantes, trabalhando a conquista das luzes do conhecimento e das bênçãos do sentimento, para apressar a própria felicidade.

Recordando-se de que Jesus comanda a barca terrestre e Deus administra o Universo, a marcha é inexorável no rumo da Grande Luz que a todos nos banha desde *ontem*.

Hofheim, Alemanha, 10 de maio de 2001.

2
AUTODETERMINAÇÃO

Quando alguém se decide a realizar alguma atividade inabitual, enriquecedora e nobre, que apresenta desafios, e é movido pela coragem interior, pode-se dizer que a sua autodeterminação encontra-se definida e em movimento.

Afinal, toda realização que se reveste de valores morais e espirituais enfrenta incontáveis dificuldades que devem ser superadas. Os riscos da incompreensão dos demais, das agressões intempestivas dos violentos, das calúnias bem-apresentadas por muitos, da exposição ao ridículo e da descrença quase generalizada constituem circunstâncias naturais no cotidiano da Humanidade. No entanto, quem teme essas lutas certamente não possui amadurecimento psicológico nem ideal digno de crédito, porque se contenta com o convencional e já realizado.

Todos renascem na Terra com objetivos superiores, quais a aquisição da consciência de si mesmo, o progresso pessoal e do grupo social, o desenvolvimento da Ciência e da tecnologia, da arte, da fé religiosa e dos deveres humanos de solidariedade e compaixão.

Comumente, mantendo a inconsciência em torno das tarefas a que se devem dedicar, não poucos malogram nos compromissos antes mesmo de os iniciar, acomodando- -se aos já existentes ou reagindo ao esforço indispensável às mudanças que se devem operar à sua volta.

Porque ressumam do pretérito, os efeitos das ações menos nobres e perturbadoras fixam-se nas paisagens mentais infelizes, tornando-os intolerantes e exigentes em relação ao próximo, com quem não desejam estreitar relações.

A todos veem em situação negativa, sobrecarregados de defeitos e imperfeições que são incompatíveis com o seu caráter severo e sua conduta considerada superior.

Selecionam os indivíduos como se lhes pudessem medir as qualidades morais e avaliar-lhes as conquistas íntimas.

Assim mesmo, entre aqueles que consideram portadores de correspondentes condições, descobrem que não conseguem harmonizar as suas com as ideias deles, em razão de não os poder submeter ao seu talante.

Tornam-se antissociais, recalcitrantes, deixando passar a excelente oportunidade de crescer pessoalmente e auxiliar a sociedade na conquista de novas metas e dignas realizações.

Essa é uma autodeterminação perniciosa, porque estribada no egoísmo e na presunção, não se abrindo ao contributo de outros indivíduos que sonham pela materialização na Terra de um mundo melhor, que eles estão auxiliando a tornar-se realidade.

A outra autodeterminação para os desempenhos relevantes, em face da generalidade da conduta pessimista e derrotista que assola a maioria dos grupos sociais, em razão dos membros que os constituem, sofre o tributo da zombaria ou da indiferença que vigem dominantes, mas não desanima.

É muito comum a autojustificativa para alguém manter-se na inutilidade, atirando pedras nos que laboram e produzem.

Escusando-se de fazer algo de significativo em favor do próximo, deixa que se exteriorizem os fantasmas que o perseguem, transferindo-os para aqueles que lhe produzem mal-estar, por demonstrarem a sua inferioridade,

Desse modo, assaca acusações descabidas e faz-se vítima, apresentando o rol de queixas, nas quais são projetados os seus conflitos e deficiências que teme sejam descobertos.

Os monstros que são vistos nos outros existem sim, porém no âmago de quem os detecta. Essa conexão entre a projeção e o *ego* é realizada por delicado mecanismo inconsciente de transferência de culpa, que parece aliviar o acusador.

Por isso, tomada a decisão de algo edificante realizar, não olhes para trás nem te afadigues para que os outros realizem aquilo que te parece bom e nobre, porque a tarefa te pertence.

Se alguém vem auxiliar-te, recebe a ajuda sem exigências, estabelecendo área de atividade própria para quem chega, de forma que te não embarace ou gere problema, aproveitando-lhe as possibilidades, mínimas que sejam, porém, portadoras da carga positiva de bondade.

Quando não corresponda ao que aspiras e esperas dele, fala-lhe com naturalidade, demonstrando qual é o teu objetivo e o que desejas receber, não te fazendo superior ou irretocável no desempenho do teu projeto.

Um gesto de compreensão possui mais força de persuasão e de esclarecimento do que um discurso recheado de palavras sonoras e vazias de conteúdo.

Nunca faltam excelentes expositores e apontadores de caminhos, que se recusam a percorrê-los ou que os hajam vivenciado anteriormente. São somente palradores, que se orgulham dos seus sistemas verbais, resguardando-se da realização de quaisquer tarefas que os arranquem da ociosidade dourada dos seus gabinetes ou dos seus instrumentos virtuais de pesquisa e comunicação.

Torna-te ação e, autodeterminado, segue adiante.

Todos aqueles que se resolveram por tornar o mundo melhor foram vítimas dos seus coetâneos, sofrendo-lhes severas críticas e cruas acusações, quando os não transformaram em mártires dos ideais de que se fizeram portadores.

Se pensas bem e anelas pelo bem, sempre verás o bem em todos os indivíduos e em todas as coisas, pelo menos o seu lado melhor, aquele que realmente interessa.

O cadáver é logo percebido, se não pela visão, o é pelo olfato.

Que tu consigas sentir perfume, mesmo que o seu fulcro de irradiação se encontre escondido.

Os valores morais de cada indivíduo nem sempre são vistos, porque a sua é uma natureza intrínseca, mas podem ser constatados pela irradiação que exteriorizam. E se alguém não se te apresenta com aqueles que lhe exornam a personalidade, ajuda-o a desenvolver os germes que nele se encontram, aguardando ocasião oportuna.

Sê, então, quem favoreça o desabrochar das qualidades nobres que dormem em todas as criaturas, autodeterminado como te encontras para tornar o mundo e a sociedade melhores do que se encontram.

O Evangelho conta que, certo dia, Jesus interrogou aos amigos: "Que vínheis discutindo pelo caminho?".

Tomados de espanto, eles tentaram dissimular os sentimentos que os aturdiam, terminando por confessar que discutiam qual dentre eles seria o maior, o mais amado, já que cada qual apontava para o outro, lamentando não ser o escolhido.

Havia, na declaração, a presença do ciúme e da mágoa injustificáveis.

Jovial e compadecidamente, o Mestre Incomparável respondeu: "Aquele que desejar ser o maior, que se faça o servo do menor de todos".

A lição permanece até hoje.

Quando se é servo por amor, a situação deixa de ser subserviente para tornar-se grandiosa pelo seu profundo significado.

Düsseldorf, Alemanha, 11 de maio de 2001.

3
INTERFERÊNCIA ESPIRITUAL

O intercâmbio vibratório existente em todo o Universo é Lei Natural, cujos efeitos são inevitáveis.

O processo de sintonia dá-se por automatismo, em face da qualidade de onda que proporcione identificação com aqueloutras que constituem faixas e canais pelos quais se expressam.

No que diz respeito aos seres humanos, o fenômeno ocorre através das Leis de Identificação moral, emocional e espiritual, que vige em cada qual como resultado das suas conquistas interiores.

Desse modo, todos aqueles que são afins se acercam uns dos outros, mantendo intercâmbio equivalente às aspirações vivenciadas.

Como consequência, respira-se psiquicamente no clima propício àquilo que se anela e se vitaliza.

É de compreender-se que todo indivíduo que desce a regiões pantanosas experimente a atmosfera morbífica existente, da mesma maneira que, ascendendo a um planalto, proporcione-se ar rarefeito e puro.

As construções mentais, portanto, produzem exteriorização correspondente ao teor do pensamento em expansão.

É no campo das ideias que tem origem a força da ação que se converte em realidade. Conforme cada qual pensa, passa a viver o psiquismo disso decorrente.

Como o Mundo espiritual é causal, no qual surge a vida e para onde retorna, aqueles que se desvestiram da matéria, volvendo às suas origens, preservam os vínculos emocionais com as demais pessoas com as quais conviveram e mantiveram sentimentos nobres ou desregrados, dando curso a processos de influenciação e interferência compatível com o estágio de evolução no qual se encontram.

Essa interferência é tão natural e comum, que as criaturas terrestres vivem sob a influência constante dos seus afins, experimentando o intercâmbio que resulta dos seus pensamentos, palavras e atos.

Esse processo, que normalmente se converte em lamentáveis obsessões, quando se trata de Espíritos infelizes, tem sido responsável por muitos transtornos psicológicos e psiquiátricos que aturdem os seres humanos, assim como por comportamentos desastrosos que tomam conta das criaturas em diferentes situações do inter-relacionamento pessoal.

Igualmente, a inspiração da beleza, da arte, do conhecimento, da sabedoria, do amor procede de nobres Entidades que se encarregam de auxiliar o progresso dos homens e das mulheres no mundo, guiando-os nos rumos da elevação interior e da humanidade.

Graças a esses dedicados missionários do bem e da verdade, os rumos da evolução jamais sofrem desvio permanente, não obstante as criaturas nem sempre lhes sigam as trilhas luminosas.

Partindo-se do princípio irreversível da imortalidade da alma, é de compreender-se que não existe imobilidade nem parasitismo para aqueles que se despem do invólucro material. Não existem nem um céu de delícias inúteis, nem um inferno de dores exacerbadas, longe do amor e da misericórdia que vigem em toda parte.

A vida se expressa conforme os níveis compatíveis com o processo iluminativo de cada indivíduo.

As simpatias e animosidades espirituais permanecem nutrindo os seres mesmo depois da ruptura da *cortina de sombras.*

É graças a esses sentimentos que os afetos se acercam daqueles que ficaram na Terra, a fim de infundir-lhes ânimo na luta, valor moral para os embates iluminativos, dedicação ao bem e ao cumprimento do dever.

Velando constantemente pelos seus amores, tornam-se-lhes bondosos amigos e dedicados benfeitores que os assistem em todos os instantes, auxiliando-os na ascensão e amparando-os antes que tombem nos resvaladouros do desequilíbrio e das vinculações perniciosas.

Intercedendo junto aos guias da Humanidade em favor deles, tornam-se generosos padrinhos morais das suas tarefas, que procuram estimular mediante a insistente ajuda, assim como o desvio de provações rudes, tornando-lhes as existências mais dignas e valorosas.

Da mesma forma, os adversários ou inamistosos espirituais acercam-se daqueles com os quais mantêm afinidade e os induzem a comportamentos doentios e perniciosos, a reações temperamentais agressivas ou indiferentes, quando deveriam assumir responsabilidade diante dos compromissos que lhes dizem respeito.

Instigam-lhes suspeitas injustificáveis, estimulando o caráter mórbido e as condutas esdrúxulas, que os tornam tão infelizes quão detestáveis a si mesmos e aos demais.

Aturdem-lhes o raciocínio e o entendimento se lhes faz tardo, sem estímulos superiores ou motivações nobilitantes para uma existência saudável.

Seria de supor-se que governam as suas vítimas, impondo-lhes caprichos e desaires, o que é verdadeiro, isto porque estas mesmas, quando são convidadas à reflexão ou à renovação mental, preferem a preservação do mau humor e dos transtornos aos quais se adaptam com facilidade.

Em tudo sempre está presente esta lei de afinidade recíproca: os semelhantes se fundem e se completam, enquanto os diferentes reagem entre si, afastando-se.

A mente, a emoção, o comportamento são, portanto, os mecanismos que respondem pelas injunções que resultam no relacionamento constante entre encarnados e desencarnados.

Jesus foi peremptório quando enunciou: "Busca primeiro o Reino de Deus e Sua justiça, e tudo mais te será acrescentado".

Quando se elege o essencial, todas as outras aquisições são-lhe complementares, não possuindo o mesmo significado, portanto podendo ser úteis ou dispensáveis conforme a valorização que se lhes atribua.

Ao ser inteligente, por consequência, cabe a tarefa inadiável de identificar as conquistas que lhe sejam mais significativas e importantes, a fim de avançar com segurança na direção das metas estabelecidas para que se lhes tornem razão da própria vida.

Nascente de bênçãos

Enquanto os valores terrestres de pequena monta, que passam a ter significações absurdas, ficam ao lado dos despojos materiais quando ocorre a morte ou desencarnação, aqueloutros, os de natureza espiritual e moral, prosseguem além do *portal de cinzas*, integrando as conquistas adquiridas que identificarão o viandante terrestre, quando liberto retorne à Erraticidade superior.

Erkrart, Alemanha, 12 de maio de 2001.

4
IRASCIBILIDADE

Airascibilidade é remanescente dos instintos primários que predominam em a natureza animal do ser. De fácil explosão, irrompe com violência, gerando situações difíceis de controlar, nas quais a cólera ateia incêndios perfeitamente dispensáveis.

A pessoa irascível encontra-se sempre armada, aguardando qualquer motivo real ou imaginário para exteriorizar o seu mau humor e agressividade constrangedores.

Em face do desequilíbrio das emoções, porta-se de maneira equivocada, parecendo vítima das demais criaturas, quando, em realidade, é sempre a responsável pelos incidentes desagradáveis que ocorrem no seu convívio social.

Torna-se instrumento fácil de Entidades desencarnadas levianas e perversas, que se utilizam da sua iracúndia para desenvolver sentimentos agressivos, situações embaraçosas, desajustes nos relacionamentos pessoais.

Arma-se com frequência, preferindo agredir, assim pretendendo evitar ser vítima de agressões que somente existem na sua imaginação.

Destila fel nas palavras, interpreta mal quaisquer ocorrências, vendo aquilo que se encontra no seu interior conturbado ao invés do que realmente está ocorrendo.

Cultiva doenças imaginárias, que são resultado das suas reações violentas, que somatiza em intensivos transtornos orgânicos que ainda mais a inquietam.

Grassa a irascibilidade em alto grau nos intercâmbios humanos, porque ainda prevalecem o egoísmo, o orgulho exacerbado, a supervalorização de si mesmo, naqueles que desejam impor-se à liberdade alheia, em posturas de falsa liderança, que não são outra coisa, mas sim a carência afetiva que padecem, exigindo uma consideração que não merecem e um destaque que lhes não diz respeito, por faltarem os requisitos exigíveis para tanto.

Esses indivíduos vivem solitários por própria eleição ou porque todos deles se afastam, evitando os atritos constantes que provocam e as discussões inúteis em que se comprazem.

Inamistosos, porque não possuem autoconfiança nem harmonia interior, não sabem preservar as amizades, rompendo-as com facilidade e sempre cultivando sentimentos de culpa que transferem para aqueles de quem se dizem vítimas...

Acusadores sistemáticos, sempre estão apontando erros, lamentando não haverem sido consultados, quais se fossem modelos de comportamento e de erudição, intocáveis e irretocáveis em tudo quanto realizam.

São de muito difícil convivência em razão do pessimismo em relação aos demais e do excessivo otimismo quando de referência ao que fazem, ao que dizem ser e ao que apresentam exteriormente.

Espíritos atormentados que são, tornam-se desafio à paciência daqueles com quem convivem, excruciando as pessoas do seu círculo familiar e social.

Tem cuidado com as tuas reações emocionais.

Vigia as nascentes do coração de onde nascem o bem e o mal proceder, conforme acentua a narração evangélica.

Disciplina os teus impulsos e direciona bem os teus sentimentos, a fim de que não venhas a tornar-te iracundo, gerando dificuldades no meio em que vives.

Concede aos demais o direito de serem conforme o conseguem, e não de acordo com as tuas imposições, nem sempre devidas.

Considera que as tuas dificuldades não são diferentes daquelas que aturdem outros corações e outros comportamentos.

Não tomes como medida de procedimento para o teu próximo os teus atos, quase sempre arbitrários e tiranizantes.

Da mesma forma que não te permites dirigir por outrem, não pretendas impor-te aos outros.

No Colégio Galileu, Judas apresentava-se sempre recalcitrante, iracundo, solitário, e foi ele quem entregou Jesus aos Seus inimigos, e ao dar-se conta do hediondo crime, atirou-se ao abismo do suicídio, por lhe faltarem valores morais a fim de sofrer as consequências da traição infamante.

João, o discípulo amado, pela sua afabilidade e doçura, compreensão humana de todos os seres, não experimentou o holocausto, havendo vivido para testemunhar pelo amor a excelência da Doutrina do seu Mestre.

Hitler, desconfiado e feroz, vitimado pela paixão hedonista em torno de uma raça superior, conduziu a sociedade ao caos de uma guerra sem precedentes na História e, covarde, ante os efeitos danosos do seu desequilíbrio, também se atirou ao fundo poço do suicídio nefasto.

Mahatma Gandhi, pacifista e confiante em Deus, suportou prisões e humilhações constantes, mas, fiel aos objetivos da não violência, libertou centenas de milhões de indianos e paquistaneses das algemas da escravidão ao estrangeiro...

O progresso da Humanidade dá-se através daqueles homens e mulheres que se convertem em lições vivas de bondade e de misericórdia, de amor e de compaixão, de trabalho e de dedicação aos diversos misteres a que se entregam, impulsionando as demais criaturas na direção da liberdade e da felicidade.

Nunca se impõem, antes são seguidos pelos exemplos de renúncia e de serviço de que dão mostras, autossuperando-se em demonstração viva da legitimidade dos postulados que abraçam.

Assim, tem cuidado! Ninguém tem o dever de suportar a tua irascibilidade, que é condição inferior do teu caráter.

Estás reencarnado para superar os atavismos que te retêm na retaguarda do processo evolutivo, e não para os distenderes como tenazes que excruciem os companheiros de marcha.

Aprende, pois, a ceder, a compreender, dando oportunidade a todos e confiando nas bênçãos dos tempos que alteram as mais vigorosas expressões do planeta, incluindo também os temperamentos humanos.

O mundo está cansado de líderes carismáticos pela agressividade, pela presunção, pelo despotismo.

As criaturas já não suportam aqueloutras que se gostam de impor, de exigir e se autoconsideram melhores, mais valiosas, superiores, quase indispensáveis...

Estes são dias de renovação planetária, de mudanças de atitudes perante os acontecimentos, de reconstrução social e de dignificação coletiva.

Há muito desconforto aguardando amparo e muita aflição esperando socorro e bondade.

Sejam tuas as palavras que dulcificam, acalmam e orientam.

Permanece em posição de amigo, de irmão, de exemplo.

O que não consigas em um momento lograrás mais tarde, se continuares ajudando sem irascibilidade, o que se transformará em dádiva feliz para ti mesmo, porquanto aquilo que é direcionado ao próximo sempre retorna ao seio de quem o projetou.

Ama, e acalma-te, preservando a paciência e vivendo em paz.

Frankfurt, Alemanha, 13 de maio de 2001.

5
AUTOCONSCIÊNCIA

À medida que o ser amadurece psicologicamente, podendo discernir o que deve e pode fazer, em relação ao que pode, mas não deve, ou deve, porém não pode realizar, surge a autoconsciência, que o predispõe ao crescimento interior livre de conflitos e atribulações.

Normalmente, nos períodos primordiais do desenvolvimento moral e espiritual, predominam, em sua faculdade de agir, os conceitos que lhe chegam do exterior, as opiniões conflitivas que o cercam, as diretrizes que são estabelecidas por outras pessoas que se acreditam possuidoras de valores que podem orientar vidas. Não raro, porém, esses comportamentos contraditórios que se chocam uns contra os outros mais confundem as pessoas do que as direcionam para os fins enobrecidos da existência, por estarem quase sempre assinalados pelas paixões pessoais, nas quais predomina o *ego* em detrimento dos sentimentos solidários.

O principiante, manipulado por uns e outros, em tais circunstâncias perde-se no báratro estabelecido e, sem experiência, ruma em direções confusas, descobrindo-se enganado, desconsiderado nos ideais que busca, logo tombando, não poucas vezes, na descrença e no desencanto.

Quando, porém, aprende a ouvir e a reflexionar, examinando as informações ministradas e cotejando-as com o conhecimento exarado na experiência do século, realizando suas próprias investigações, torna-se capaz de avaliar os exageros que defluem dos entusiasmos inoportunos, as precauções descabidas que são comuns aos temperamentos tímidos ou cépticos, passando a construir os alicerces para as suas crenças na lógica, na vivência pessoal, e a todos respeitando, mas não os levando em consideração naquilo que diz respeito às suas opiniões e caprichos informativos.

Esse processo demanda tempo e experiência, mediante os quais são avaliadas as propostas do conhecimento e as necessidades do sentimento.

Estagiando cada indivíduo em nível de consciência diferente, que corresponde às conquistas pessoais da emoção e do desenvolvimento intelectual, o mesmo acontecimento é visto de maneira mui pessoal, conforme o grau de percepção e análise individual.

Eis por que as experiências podem ser apresentadas a todos de maneira uniforme, mas cada um é convidado a vivenciá-las de forma própria e de acordo com os recursos que lhe estão disponíveis.

Nunca se apresentam duas experiências iguais para tipos diferentes. O acontecimento pode ter características semelhantes, mas sucederá de maneira bem especial cada um, em face da diversidade de enfrentamento que surge no momento de executá-lo.

A autoconsciência desvela recursos inesgotáveis que permanecem adormecidos, aguardando o momento hábil para manifestar-se. É semelhante ao agradável calor que faz desabrochar a vida, amadurecer os frutos e alegrar os corações após invernia demorada e destrutiva.

Aprende a observar para agir com segurança.

Não te permitas influenciar por opiniões apressadas e sem estrutura lógica, mesmo que aureoladas por atraentes configurações.

Águas paradas não refletem apenas paz, mas ocultam estagnação e morte.

A experiência é estrada atraente e desafiadora, que cada pessoa deve percorrer com os próprios pés.

Os atavismos que remanescem na conduta e reflexão mental tendem a conduzir o indivíduo às repetições de comportamentos já vivenciados, sem permitirem o despertar de maior interesse pelas novas expressões da realidade.

Os hábitos da meditação em torno dos pensamentos vitalizados devem constituir um processo de amadurecimento das ideias, a fim de que passem a ter significado útil, propiciador de crescimento íntimo.

Passo a passo, a mente se dilata e a compreensão dos objetivos existenciais se faz mais clara, ensejando mais harmonia interna e encantamento exterior em relação aos quadros de incomparável beleza que emolduram as paisagens.

Nesse crescimento íntimo, os fatores que geram medo, amargura, insegurança, ansiedade são diluídos pela autoconsciência, que se firma nos painéis delicados do Espírito, tornando-se mecanismo de segurança e de harmonia.

Herdeiro das realizações do passado, o ser desperta sob os camartelos dos atos perturbadores, mas também sob a inspiração das ideias enobrecidas que passearam pela sua mente e, de alguma forma, constituíram motivo de iluminação e de razão.

Havendo predominância das heranças nefastas, ressumam como conflitos e tormentos, que podem ser decodificados pela claridade dos ensinamentos morais do Evangelho de Jesus, que convida a mudanças de comportamento através de bem-sucedida sintonia com os ideais de beleza, de fraternidade, de caridade.

Descobre que o seu é o destino estelar e que marcha inexoravelmente no rumo da Grande Ventura, sendo os impedimentos momentâneos desafios que lhe cumpre vencer.

Sem abandonar os valiosos contributos que lhe vêm do mundo externo, vivencia as nobres expressões do pensamento, superando obstáculos e superando-se no que diz respeito às tendências para a *sombra*, o vulgar, o já realizado...

A autoconsciência desabrocha, e a vida adquire sentido profundo e encantador.

O mal dos maus já não faz qualquer mal.

As perseguições da inveja e da inferioridade não mais atingem os sentimentos enobrecidos.

A calúnia não encontra ressonância nos painéis da emoção.

A maledicência não cria embaraços impeditivos.

E o ser avança autoconsciente do que deve fazer, por que realizá-lo e para que se esforçar para a preservação da sua paz pessoal e, por extensão, pela paz de todos.

Um homem desejou construir um lar para viver tranquilamente com a família.

Mandou um engenheiro e um arquiteto planejarem a casa e os detalhes que lhe pareciam mais convenientes para uma residência cômoda e prazenteira.

Quando começou a construção, recebeu a visita de um amigo que apresentou várias sugestões, mudando o plano inicial.

Entusiasmado com as opiniões, pediu aos técnicos que corrigissem alicerces, redesenhassem linhas e, com despesas a mais, conseguiu alterar os planos.

Posteriormente, outro amigo, e, mais tarde, outros mais, trouxeram opiniões descabidas que redundaram em alterações absurdas e gastos exagerados.

Ao terminar a construção, esta se tornou inabitável, estranha.

Calmamente, ele convocou os mesmos engenheiro e arquiteto, e disse como desejava a sua futura casa.

Iniciada a obra, veio alguém apresentar-lhe sugestão, ao que ele contestou:

— Esta casa é para mim e irei fazê-la conforme acredito em comodidade após ouvir os especialistas em construção. Não alterarei nada, a fim de atender às descabidas opiniões de amigos, porque a casa dos amigos é aquele mostrengo que abandonei. Esta será a minha casa, conforme penso e desejo...

A autoconsciência tem dimensão do que é melhor para quem o deseja.

Düsseldorf, Alemanha, 14 de maio de 2001.

6
EXPERIÊNCIAS NOVAS

Nunca desdenhes das provações e dos desafios que te surpreendem pelo caminho da evolução. São eles os encarregados de facultar-te experiências novas mediante as quais adquirirás maior soma de conhecimentos e de iluminação.

As provas e expiações constituem valioso recurso da Vida para a reabilitação dos teus gravames cometidos ao longo da marcha ascensional. Muitas vezes se te apresentam como dores e solidão, amargura e dificuldade, mas que te ensejam avaliar a qualidade dos tesouros de que dispões e que a negligência ou a ignorância não te permitem identificar o valor real de que são portadores.

Todos os indivíduos possuidores de discernimento sabem do significado espiritual da existência terrestre, devendo cada um investir os melhores recursos, a fim de desenvolver as possibilidades na edificação de si mesmo. Para que os tentames sejam felizes, surgem os desafios, que se apresentam de maneira variada, ensejando a conquista de experiências enriquecedoras, antes que surjam os sofrimentos necessários para o despertamento da realidade.

As plantas enrijecem as fibras através dos ventos que as açoitam.

Os metais tornam-se mais resistentes graças às temperaturas elevadas.

As gemas preciosas adquirem brilho mediante a lapidação dilaceradora.

Assim também o caráter humano, que se aprimora cada vez mais por meio dos sacrifícios e das lutas que são empreendidas, fortalecendo os sentimentos que se enobrecem, desenvolvendo as aspirações iluminativas que se encontram em germe.

Toda ascensão é realizada mediante os tributos de abnegação e de aflições que dizem respeito ao esforço aplicado durante o tentame.

Ninguém atinge as cumeadas sem passar pelos diferentes níveis que lhe dão acesso.

Por isso mesmo, a existência física é mais do que uma aventura, constituindo-se um aprendizado metódico e continuado, que se realiza através da observância dos seus programas educativos.

Não cessam, desse modo, as oportunidades de crescimento interior e de aquisição de sabedoria.

Cada experiência nova, mesmo quando assinalada por sofrimentos, se devidamente considerada, transforma-se em conquista de alta magnitude.

O aguilhão da dor em muitos casos é o estímulo necessário para que o ser humano abandone o marasmo em que se demora, mudando de atitude perante os acontecimentos nos quais se encontra envolvido.

Nesse processo de evolução inevitável, é impossível a apatia, que, na condição de reação psicológica resultante da rebeldia interior, deve ser vencida a qualquer preço.

Não te detenhas, pois, na contemplação dos territórios emocionais e culturais conquistados. Ainda dispões de muitas áreas que aguardam arroteamento, ensementação e cuidados.

Empreendida a batalha de autossublimação, todo ensejo é propício para o burilamento pessoal e o crescimento espiritual.

Movimentando-te entre pessoas que constituem o teu círculo familiar, social e humano, utiliza-te com sabedoria do ensejo e amplia os relacionamentos, auxiliando o organismo coletivo com as tuas palavras, os teus exemplos de amizade, de compaixão e de solidariedade. Há muito sofrimento escondido sob tecidos custosos e aparência cuidada.

Nem todos têm coragem de assumir as próprias aflições, e buscam disfarçá-las nos jogos da ilusão ou ocultá-las sob máscaras de prazer e de agressividade.

Se souberes compreender o teu próximo e conceder-lhe as dádivas da compaixão e da amizade, ele se te acercará buscando apoio e esclarecimento, ajuda e forças para não desfalecer ou deter-se na rampa da alucinação que já o sitia.

Aquele que conquista a fé em Deus e compreende o significado existencial possui um tesouro de indiscutível qualidade.

O mundo encontra-se referto de indivíduos que se movimentam automaticamente sem direção nem objetivo existencial.

Não se permitiram as experiências novas que os credenciassem à conquista de mais expressivos recursos de autoiluminação.

Deixaram-se consumir pelo desencanto ou se permitiram desistir de tentativas desafiadoras.

A existência carnal tornou-se-lhes tediosa porque não alcançaram alguns dos objetivos que perseguiam e acreditavam ser essenciais à felicidade, sem que se dessem conta do sentido profundo da perda, que encerra ensinamento em torno dos legítimos valores. Não poucas vezes, aquilo que se apresenta como dádiva da Vida pelo prazer que proporciona, após vivenciada a alegria, transforma-se em calvário de dor e de desespero, à medida que se desveste da ilusão, apresentando a outra face, aquela que se encontrava ignorada.

A cada instante, relacionamentos afetivos que se iniciaram sob juras de fidelidade e constância transformam-se em labirintos escuros de sofrimento e de desar ou fogueiras abrasadoras de revolta e de crime.

Funções de destaque na sociedade, que exaltam o personalismo e a vaidade, subitamente se convertem em cárceres de dor e desastre moral.

Riquezas invejáveis que adornam o ser com projeção no mundo e ambições crescentes escondem conflitos íntimos e medos não dimensionados que o aturdem continuamente.

No sentido oposto, situações difíceis e afligentes, passados os períodos iniciais de provas rudes e testemunhos necessários, transformam-se em harmonia e bem-estar, auxiliando na consolidação do equilíbrio e da alegria de viver durante todo o transcurso da existência física.

Resignação, portanto, ante as dores e decepções, não constitui submissão masoquista ou acomodação irresponsável, porém mecanismo de sabedoria para melhor enfrentar futuras ocorrências que se encontram programadas em todas as vidas.

A reencarnação tem finalidade superior. Não apenas oferece ensejo para reparação dos males que foram praticados, mas sobretudo para a conquista de novas experiências que se incorporarão ao patrimônio do Espírito para seguir Jesus por todo o sempre.

Quem se recusa a empreendimentos novos permanece na estagnação do já conquistado.

Sê tu quem avança, confiante e responsável, aprendendo mais e produzindo melhor.

O Espírito é um conquistador do infinito. Não te bastem as realizações conseguidas, segue além.

Toma Jesus por Modelo e apoia-te n'Ele, seguindo a trilha que te deixou, convidando-te para alcançar o Reino de Deus.

Hoorn, Holanda, 15 de maio de 2001.

7
INSEGURANÇA

Na raiz de todo processo conflitivo na área do comportamento psicológico, defronta-se um transtorno espiritual que procede de reencarnações passadas.

Nas estruturas emocionais do ser, repousam todas as experiências que foram vivenciadas no transcurso das lutas da evolução. Aquelas que se fizeram proveitosas e conduziram ao crescimento moral ressurgem como aspirações de beleza, de conhecimento, de sentimentos nobres e fortalecedores do caráter. No entanto, aqueloutras que se caracterizaram pela desordem de comportamento, pelas realizações infelizes transformaram-se em sofrimentos que agora se impõem como necessidade de reparação, a fim de serem diluídas as marcas afligentes que ora se manifestam como atitudes controvertidas e perturbadoras, defluentes da consciência de culpa.

Os sacrifícios morais, objetivando o desenvolvimento dos valores éticos e espirituais, expandem-se em atitudes grandiosas de bem-estar e de confiança, de saúde emocional e de estabilidade na concretização dos objetivos elevados, impulsionando o Espírito cada vez mais para novas conquistas e descoberta de mais amplos horizontes de estesia e paz.

No entanto, as ações atormentadoras, os delitos, os atos inconsequentes igualmente se fixam nos painéis do Espírito como falência da meta ascensional. Se o infrator foi alcançado pela justiça terrena, ou se procedeu a mecanismos reparadores de recomposição moral, apresentam-se-lhe agora atenuadas as faltas, ressurgindo como pequenos conflitos de fácil superação. Todavia, as mais graves ou os erros que não foram legalmente recuperados através dos processos da humana justiça ressumam dos painéis internos na forma de insegurança, insatisfação, complexos de inferioridade ou de superioridade, timidez, mania de perseguição, por serem as austeras Leis de Deus que se encontram inscritas na sua consciência.

A ordem universal repousa em leis inexoráveis estabelecidas pelo Criador. Ninguém consegue evadir-se da responsabilidade perante elas, especialmente quando sendo portador de razão, discernimento, conhecimento, constituindo-se a sua uma responsabilidade muito mais grave.

O crescimento interior dá-se através da viagem do psiquismo do inconsciente para o consciente, no qual armazena os títulos de enobrecimento que o alçam a patamares espirituais elevados.

Nem sempre a ascese é fácil ou rápida. Todavia, ela se dá mediante os esforços empreendidos para lográ-la, estágio a estágio, nos quais sofrimento e júbilo alternam-se, até que haja supremacia dos ideais libertadores que, fascinando, favorecem com a conquista anelada.

A segurança no comportamento e na execução de qualquer atividade decorrerá sempre da autoconfiança que exista no imo de cada qual e na disposição de realizar sempre o melhor que lhe esteja ao alcance.

Torna-se indispensável, antes de qualquer atitude que envolva compromissos emocionais e morais de alto significado, acurada reflexão, para que o arrependimento não passe a ser a constante no cotidiano.

Assumida uma responsabilidade, é necessário agir com inteireza e valor, de modo a concluir o compromisso, sem os altibaixos das incertezas, típicos dos comportamentos psicológicos imaturos.

O hábito saudável da meditação em torno das ocorrências e a consequente análise tranquila das resoluções a tomar contribuirão decisivamente para assegurar resultados agradáveis nas circunstâncias mais adversas.

Por outro lado, proporcionam segurança interior quanto ao que se deveria fazer, ao invés de deixar a desagradável sensação de que se agiu impensadamente e que os resultados que tardam são frutos da precipitação.

O homem e a mulher conscientes formulam programas e os executam conforme as possibilidades de que dispõem, sem aceitarem ingerência de outrem que, normalmente, desconhece o significado e as razões que motivam a sua execução.

A maturidade psicológica, resultante dos esforços empreendidos para a autossuperação dos conflitos, encarregar-se-á de ultrapassar os limites íntimos da insegurança.

Assim, ao decidires por mudança de país, tentando encontrar melhores possibilidades de vida, não o faças mediante mecanismos de fuga das dificuldades que ora te pontilham a estrada, porquanto as defrontarás aonde quer que vás. O que não solucionares onde te encontres reaparecerá no lugar para o qual te transferiste. Se novamente pretendes retornar aos sítios iniciais, em tentativa de libertação, estarás equivocando-te mais uma vez, porque o problema não solucionado sempre reaparece complicado.

Aquieta-te e reflexiona quanto às possibilidades de que dispões para a definição correta dos rumos da tua atual existência.

Não aguardes um lugar, um mundo de plenitude por enquanto, longe de complicações e de sofrimentos, porque este é ainda um planeta de provas e expiações.

Torna, no entanto, as tuas dores menos sofridas, colocando o sol da alegria de estar vivo e de desfrutares da oportunidade de realização, assim contribuindo para atenuar os reveses que, muitas vezes, tornam-se mais graves por desequilíbrio de quem não os sabe aceitar.

Se te conscientizares que somente te acontece o que é de melhor para o teu crescimento espiritual, transformarás desventuras em esperanças de mais favoráveis horas e sofrimentos em conquista de futura paz.

Resgata os teus erros ante a Consciência Divina, produzindo no bem e acumulando experiências iluminativas.

O córrego que teme obstáculos jamais se transformará em rio e nunca atingirá o mar.

Assim também o Espírito que receia enfrentamentos permanecerá em primarismo sem experienciar as alegrias inefáveis que advêm da felicidade.

Valorizando a honra da reencarnação na qual te encontras em processo de burilamento e de aprendizado, nunca receies o mal, nem fujas do sofrimento, que são fenômenos corriqueiros do processo de evolução.

Evita proceder de maneira equivocada, cujos efeitos são sempre danosos e se apresentam posteriormente.

Quando se age com prudência e honradez, a sementeira de luzes se transformará em claridades abençoadas.

Todo aquele, portanto, que pretende alcançar a paz real e a alegria plena amadurece a pouco e pouco, enfrentando os problemas e procurando solucioná-los, aceitando as ocorrências conforme se apresentam e não consoante gostaria que fossem, realizando todo o bem possível no limite de suas forças.

Estocolmo, Suécia, 16 de maio de 2001.

8
JESUS,
O INCOMPARÁVEL

Vencendo os milênios que nos separam do Seu berço, ninguém que se Lhe equipare ou sequer apresente as características que O assinalaram.

Havendo nascido em um recinto modesto e quase desprezível, transformou-o num esplêndido reduto de luzes e de harmonias gloriosas.

Residindo mais tarde em uma aldeia desconhecida, tornou-a imortal na História, na literatura e na memória dos tempos.

Convivendo com as pessoas do Seu pequeno burgo, evitou destacar-se, mantendo-se simples e de relacionamento afável, de forma a não os perturbar ou provocar celeuma antes do momento.

Fiel servidor das Divinas Leis, trabalhou na pequena carpintaria do pai sem alarde ou demonstração inoportuna de superioridade.

Conhecendo a tarefa para a qual viera, não se precipitou, tampouco postergou a hora em que se deveria desvelar. E o fez de maneira natural, sem alarde nem provocação, quando tomou do texto de Isaías, inserto no Antigo Testamento e, em plena sinagoga, interpretou-o com inusitada acuidade, deixando-se identificar como o Messias.

Compreendeu a reação de surpresa dos Seus coevos e familiares que, tomados de espanto e ira, atiraram-se contra Ele, ameaçando-O de morte. Mas não reagiu, nem os agrediu com palavras ou ações que desmentissem o Seu ministério de amor, quando predominavam as sombras da ignorância e da perversidade.

Sem qualquer acusação, deixou aqueles sítios e partiu para a gentil Galileia, onde as almas simples e desataviadas, sedentas de paz, cansadas de sofrimentos e humilhações anelavam pela oportunidade de serem livres do jugo cruel da servidão e realmente felizes.

Entre os pobres e desafortunados, os sofredores e puros de coração, entoou o Seu hino de amor à Vida como dantes jamais alguém o fizera, e depois nunca mais se repetiria.

A Sua canção de misericórdia e de ação temperada pela sabedoria arrebatou as gentes de todos aqueles rincões, que abririam espaço para se alargarem pelas terras do futuro, dando início à era da fraternidade, que, embora ainda não vivida, já se encontra instalada desde aqueles inesquecíveis momentos.

A Sua revolução diferiu de todas as que a precederam e a sucederiam, porquanto se tratava de lutas contínuas nas paisagens do coração contra as más inclinações, as tendências primárias e as heranças asselvajadas do período primitivo.

Amando a todos sem distinção, até mesmo àqueles que obstinadamente O perseguiam e tentavam malsinar-Lhe as horas, Jesus permaneceu incomparável, ensinando compaixão e ternura, trabalho e confiança irrestrita em Deus.

Ninguém que jamais se Lhe equipararia!

Os grandes gênios da fé que O precederam e os nobres missionários do amor que O sucederam foram, respectivamente, Seus mensageiros que Lhe deveriam preparar o advento e continuadores insistindo na preservação dos Seus ensinamentos e atitudes.

Esse Homem nascido em Belém e morador em Nazaré dividiu os fastos históricos, assinalando a Sua trajetória com os incomparáveis testemunhos da Sua elevação.

Quando provocado pelo farisaísmo, compreendia a fúria do despeito e da mesquinhez humana, lamentando o atraso moral daqueles que se Lhe apresentavam como adversários. Admoestava-os e esclarecia-os, embora eles não desejassem respostas honestas, porque os seus eram objetivos perversos...

Visitado pelo sofrimento dos indivíduos e das massas, não obstante sabendo da transitoriedade do corpo físico, renovava os enfermos e curava-lhes as mazelas, advertindo-os quanto aos valores imperecíveis do espírito.

Acusado de atitudes que se chocavam contra a lei e os profetas, informava que não os veio combater, mas vitalizá-los e dar-lhes cumprimento.

Tentado pela hipocrisia e envolvido nas malhas das insensatas ciladas, destrinchava os fios envolventes e devolvia-os aos sistemáticos perseguidores.

Jamais se escusou aos enfrentamentos promovidos pela perversidade dos pigmeus morais, mesmo conhecendo-lhes as artimanhas e propósitos nefastos. Também nunca se recusou a esclarecer qual era a Sua tarefa e quais as bases da Sua revolução, estruturadas no amor a Deus, ao próximo e a si mesmo.

Nunca desmentiu os postulados propostos nos Seus sermões, mediante uma conduta dúbia ante as ameaças e malquerenças que se Lhe apresentavam a cada momento.

Resistiu a todos os tipos de tentação na Sua humanidade, avançando sempre no rumo do holocausto sem qualquer tipo de revolta ou de insegurança quanto aos valores esposados e divulgados.

Profundo conhecedor da psicologia humana, jamais se utilizou desse recurso incomum para humilhar ou submeter quem quer que fosse ao Seu ministério. Pelo contrário, dele se utilizava para identificar as causas transatas geradoras dos sofrimentos que os aturdiam e para aplicar a terapêutica mais conveniente em relação aos múltiplos distúrbios que os afligiam.

Perfeitamente identificado com Deus, não fingiu ser-Lhe igual e jamais se Lhe equiparou, informando sempre ser o Filho, o Embaixador, o Caminho para a Verdade e para a Vida...

Confundido com os profetas que O precederam, revelou a própria procedência, informando que aqueles que vieram antes realizaram o seu mister com elevação, mas a Sua era a confirmação de tudo quanto ensinaram no seu tempo.

Incomparável, Jesus, o Homem libertador de todos os homens e mulheres!

A Humanidade sempre recebeu no transcurso da História guias admiráveis, que vieram iluminar as sombras dominantes.

Em cada povo e em todos os tempos surgiram missionários incomuns, que demonstraram a vacuidade da vida física e a perenidade do ser espiritual, convidando à reflexão e à conquista da liberdade total.

Alguns tiveram a existência assinalada por muitos conflitos antes da revelação que os transformou; outros sentiram o impulso interno e romperam com os preconceitos e condicionamentos existentes, trazendo o conhecimento e a vivência do dever como essenciais à conquista da paz.

Diversos se imolaram em testemunho do que ensinavam, mas só Jesus é o Modelo e Guia nunca ultrapassado ou sequer igualado.

Havendo chegado à Terra na condição de Espírito puro, por haver realizado o Seu processo de evolução em outra dimensão, permanece como o Homem incomparável para conduzir a Humanidade na direção do Inefável Amor de Deus.

Estocolmo, Suécia, 17 de maio de 2001.

9
ANGÚSTIA

A angústia é um estado emocional de caráter ambíguo. Invariavelmente representa uma situação psicológica derrotadora, que se caracteriza pela tristeza, pelo sofrimento, pela falta de objetivo existencial.

Não poucas vezes, abre espaço para os transtornos de natureza afetiva, especialmente na área da depressão.

Iniciando-se em forma de melancolia, agrava-se pelos distúrbios neuronais ou por eles se inicia, derrapando nas situações graves do desinteresse pelos valores básicos e necessários ao crescente desenvolvimento orgânico e intelecto-moral.

Do ponto de vista filosófico, merece recordar-se o conceito de Kierkegaard, que afirma tratar-se de uma situação que determina o nível espiritual do indivíduo, que psicologicamente pretende despertar para o sentido existencial da vida e da sua liberdade. Por isso, expressa-se de maneira ambígua, porque a melancolia que se manifesta é resultado da falta de significado e de objetivo existencial, impulsionando a busca deles.

Por outro lado, segundo Heidegger, trata-se de uma manifestação psicológica de natureza afetiva, mediante a qual se revela ao homem o nada absoluto em que se baseia a existência.

A angústia, entretanto, tem a sua psicogênese no próprio Espírito, agente e responsável pelos atos tormentosos que lhe assinalaram alguma existência passada e cujos reflexos, em forma de consciência de culpa, hoje ressumam dos painéis do inconsciente onde se encontram arquivados.

Em um masoquismo não proposital, o indivíduo se autopune, acreditando não merecer a alegria de viver nem a felicidade, porque lhe pesam no imo os fardos da responsabilidade pelo mal praticado contra outrem, pela desdita e tormento que lhe infligiu, tornando-o sua vítima.

A energia resultante do fenômeno autopunitivo interfere nas intercomunicações dos neurotransmissores, produzindo deficiência no comportamento que, por consequência, desencadeia os mecanismos depressivos da personalidade.

Outrossim, a vítima enganada, reencontrando aquele que a perturbou e responde pela sua desdita, acerca-se-lhe vingativa e descarrega no campo de energia de que se constitui as vibrações de ódio e cobrança que lhe são peculiares, produzindo um fenômeno equivalente no binômio corpo-emoção.

As obsessões mediante processos de angústia são muito mais frequentes do que se pode imaginar, considerando-se as ocorrências da perversidade e da alucinação em que se comprazem muitos Espíritos afeiçoados aos seus sentimentos inferiores.

Não obstante, uma vez ou outra, o ser humano sente-se perturbado na sua tranquilidade por descobrir o vazio existencial com que o materialismo lhe brinda e, porque ansiando por objetivos de maior significação e ideais mais profundos, resvala na angústia que o impulsiona de certo modo a buscar a beleza, o conhecimento, a harmonia interior que lhe faltam.

Quando essa nuvem sutil da tristeza começar a envolver-te os painéis da mente e os tecidos delicados do sentimento, desperta para a vida e renova-te através da oração.

A prece é antídoto eficaz para todos os estados de perturbação da mente e do coração. Funciona como claridade superior que verte da Vida e penetra os absconsos recantos do sentimento humano.

Portadora de alta carga vibratória, estimula os neurônios que produzem neuropeptídeos propiciadores da renovação e equilíbrio para as transmissões nervosas.

Igualmente envolve o orante em vibrações carregadas de força espiritual que afasta as Entidades perturbadoras, auxiliando-as, por sua vez, no despertamento para a realidade em que se encontram e a necessidade de mudar de atitudes em relação às suas vítimas.

Ademais, facilita a sintonia com as Fontes da Vida, atraindo os benfeitores da Humanidade, que estabelecem a comunhão elevada, interrompendo quaisquer vinculações perniciosas e estimulando o avanço e desenvolvimento moral na busca dos objetivos nobres da reencarnação.

Após as dúlcidas vibrações defluentes da comunhão elevada, a mente passa a cultivar pensamentos edificantes e otimistas que inundam as paisagens interiores de esperança e renovação de ideias, proporcionando a reconquista da alegria de viver e de amar.

Despertando para os objetivos existenciais da reencarnação, o indivíduo compreende que deve ser útil, transformando as suas horas excedentes em manancial de bondade para as demais pessoas, ao mesmo tempo que se esclarece e se autoilumina através do estudo e do serviço humanitário.

A angústia sempre se torna grave e ameaçadora quando encontra receptividade na mente ociosa ou nos mecanismos da autocompaixão, da revolta contra as Leis Divinas, em relação às demais pessoas e ao mundo no qual se encontra.

Quando o paciente requer psicoterapia adequada sob a assistência do competente especialista, deve adicionar os recursos elevados da fé religiosa que constituem sempre apoio em qualquer circunstância, funcionando como complemento indispensável para a sua plena recuperação.

O hábito salutar da oração – comunhão com Deus –, no qual as palavras perdem o sentido para serem substituídas pelos sentimentos de nobreza e elevação moral, resulta como terapêutica preventiva, por enriquecer o indivíduo de harmonias espirituais que o defendem das ondas nefastas do ódio, da perturbação, que se mesclam e se encontram por toda parte.

Essa angústia que tipifica os buscadores da Verdade, os Espíritos que se comprometeram em auxiliar o desenvolvimento da ciência, da arte e da religião, da tecnologia e do conhecimento em geral e ainda não se puderam identificar com esses incomparáveis objetivos, também abre canais de comunicação com os Centros de irradiação da Vida de onde procedem, facilitando-lhes o despertamento.

Nascente de bênçãos

A sua presença nesses homens e mulheres afeiçoados aos ideais de libertação, que sofrem pela impossibilidade de modificarem a situação em que se encontram, produz a ruptura dos alicerces do inconsciente onde estão registrados os seus labores missionários, facultando-lhes encontrar o rumo para a realização do ministério para o qual vieram.

Jesus muitas vezes foi tomado de angústia, de compaixão, ao contemplar a situação deplorável em que se encontravam as criaturas, especialmente aquelas que O não queriam entender ou criavam obstáculos à construção do Reino de Deus nos corações e no mundo.

Conhecedor, no entanto, dos valores profundos a todos reservados, alegrava-se ante a perspectiva do futuro libertador e entoava os cânticos de esperança de que se encontram refertos os textos do Seu Evangelho.

Hamburgo, Alemanha, 18 de maio de 2001.

10
SEGUIDORES DE JESUS

Ante os desafios hodiernos, é inevitável a indagação a respeito da melhor conduta a adotar, a fim de seguir os ensinamentos de Jesus Cristo.

No passado já recuado, os cristãos primitivos acreditavam que, fugindo do mundo e das suas tentações, melhor sintonizavam com o pensamento do Mestre, não obstante as suas existências se tornassem inúteis ao ministério de divulgação da Palavra e do socorro ao próximo necessitado.

Posteriormente, à medida que se foi organizando a Igreja, em franca proscrição das propostas de espontaneidade e liberdade ensinadas pelo Messias, o recolhimento aos monastérios se fez natural, como eficaz maneira de combater o mundo e suas perturbações.

Esqueceram-se, aqueles que abandonavam a convivência social, que o Rabi fez-se notável Comunicador em razão da Sua convivência com as massas, especialmente aquelas constituídas pelos pecadores e de má conduta, as quais Ele conseguia modificar através do magnetismo que irradiava e da profundidade dos conceitos que enunciava.

Com Francisco de Assis, surgiu um novo movimento de renúncia ao século e de serviço a Deus através do mundo e das suas criaturas. Seguindo-lhe as pegadas, Teresa d'Ávila, João da Cruz, Pedro d'Alcântara e outros se dedicaram ao ministério da abnegação, superando as injunções de cada época a serviço do Mestre.

Na Rússia, avassalada pela impiedade e dominada pela violência de Ivan, o Terrível, surgiram os loucos de Deus, numa entrega exaltada à fé religiosa.

O movimento teve início com Basílio, o Bem-aventurado, que se afastou do tsar Ivan, denunciando-lhe os crimes, quando este se atirou na volúpia das conquistas desumanas, assinaladas por crueldade invulgar. Logo a seguir, surgiu Nicolau, que enfrentou o tsar em plena praça pública por ocasião de uma das suas conquistas e exprobrou-lhe o caráter, gritando-lhe: – *Come o pão e o sal ao invés de beberes o sangue humano.* O filho de Ivan, herdeiro do trono, Fiódor, que o sucedeu, tornou-se, também, louco de Deus, mas o cetro da governança ficou nas mãos do seu cunhado Boris Godunov.

Eles tiveram a coragem de despojar-se de tudo para seguir o Mestre e viver conforme Aquele a quem amavam.

Na atualidade, a proposta para seguir Jesus está alicerçada no conhecimento lúcido da Sua Mensagem, de forma que a conduta seja profundamente afetada, ensejando a própria entrega sem fugir dos deveres e compromissos mundanos, nem se atirar aos interesses nefastos das ambições terrestres, como também em vitalizar o pensamento cristão com a fé racional que faculta atender aos falidos morais e físicos da Humanidade.

É dever sair-se das paredes estreitas do círculo religioso ou do gabinete da pesquisa para a ação incessante em favor de todos os homens e mulheres do mundo, recurso único à disposição para demonstrar a excelência dos conteúdos da fé e a vitalidade que possuem quando colocados a serviço da Humanidade.

Os seguidores de Jesus, nos dias modernos, não têm alternativa senão aquela de construir o bem em toda parte, vivendo conforme os princípios ético-morais do dever, da fraternidade, da tolerância, da compaixão, do perdão, da caridade...

Variando de épocas e de circunstâncias, os problemas e lutas continuam os mesmos, gerando conflitos no sincero discípulo de Jesus.

As conquistas nobres da ciência e da tecnologia que alteraram a face do planeta e os valores terrestres contribuíram para mais amplas facilidades e, por consequência, mais numerosos desafios. Simultaneamente, facultaram melhor divulgação dos postulados enobrecedores do ser humano, especialmente os conceitos elaborados e vividos por Jesus, o que estimula ao prosseguimento dos objetivos iluminativos.

O candidato, portanto, que pretende seguir o Mestre, vivendo-Lhe os ensinamentos e imitando-Lhe a conduta, deve permanecer vinculado aos labores e compromissos sociais que promovem as demais criaturas, mantendo-se no reto proceder e aberto à contribuição da cultura geral para equipar-se de recursos que podem enfrentar o materialismo e a crueldade, alterando-lhes a vivência.

Sem qualquer comportamento esdrúxulo, viver no mundo sem escravizar-se a este é o novo desafio cristão.

Berlim, Alemanha, 19 de maio de 2001.

11
CONSTRUÇÃO DO REINO DE DEUS

A creditas que para seres um legítimo construtor do Reino de Deus na Terra sejam necessários valores especiais que enriquecem o Espírito e o capacitam para a gigantesca tarefa de transformação moral e espiritual do planeta.

Certamente, para uma empresa de tal porte, exigem-se equipamentos íntimos de alta qualidade, a fim de serem enfrentados os problemas e solucionados com elevação, jamais descendo aos mesmos níveis dos provocadores e encarregados de dissensões.

Apesar disso, observas que muitos daqueles que abraçam as causas nobres e de elevação do ser humano encontram-se despreparados para o mister, ainda aturdidos nos próprios desequilíbrios que já deveriam estar superados, apresentando-se vulneráveis à cólera, à maledicência, ao ressentimento, à inveja, escorregando com relativa facilidade para os abismos de sombra em que tombam.

Portadores do ideal de servir, irritam-se com os necessitados, são ásperos no trato com os mais íntimos, e, enquanto procuram dissimular esses sentimentos adversos, apresentam gentileza com os estranhos, em mecanismos inconscientes para os conquistar. Noutras vezes, são rudes no relacionamento pessoal, quando não se apresentam soberbos ou travestidos de uma humildade que não possuem.

É compreensível esse fenômeno. Aqueles que, no passado, encarregaram-se de enganar e confundir, perverter a ordem dos valores espirituais, ao se darem conta além da *cortina das sombras* físicas, solicitaram a inaudita honra de recomeçar para corrigir, de retornar para recompor. Havendo recebido a oportunidade, não têm tido, por enquanto, resistências para superar os atavismos que ressumam do antigo comportamento e voltam a repetir os mesmos enganos, apesar de firmados em propósitos elevados.

Fazem-se, por isso mesmo, muito sensíveis a qualquer observação que não concorde com a sua forma de ser ou de se apresentar, isolam-se em atitudes pouco saudáveis, guardam ressentimento em relação àqueles que se lhes apresentam como inimigos reais ou imaginários, atestando a distância que medeia entre aquilo que ensinam e o que vivenciam.

É lamentável a ocorrência. Entretanto, o Mestre utiliza-se do material humano que encontra para levar adiante o programa que traçou quando de Sua estada na Terra. Na falta de servidores ideais, aqueles que estão capacitados pelo conhecimento e são nobres de sentimento, mas preferem a distância das lutas, a comodidade da família e do lar, a projeção social, utiliza-se desses obreiros ainda imperfeitos, que somos quase todos nós, colocando na Terra os *pilotis* do edifício espiritual do futuro.

Não estranhes, portanto, a conduta dos teus companheiros de lutas, que se apresentam sensíveis em demasia ou exigentes para com os outros, que ainda permanecem nos arraiais da censura e do egotismo, embora procurando servir. Eles se darão conta logo mais de tal conduta e mudarão, amparados pelo bem que hajam feito e pelos propósitos divulgados, que a muitos outros indivíduos sensibilizaram e conduziram ao caminho do bem.

Não faltam pessoas de excelente caráter e portadoras de profundos conhecimentos espirituais vinculadas às doutrinas de construção do Reino de Deus na Terra.

Uns, porém, estão muito preocupados consigo mesmos, sem tempo para oferecer ao seu próximo. Necessitam aprimorar a cultura e desenvolver cada vez mais os valores internos, não se podendo doar em favor daqueles que ainda tateiam na ignorância. Outros se cansaram rapidamente do convívio com as pessoas indisciplinadas e perturbadas, que lhes dão muito trabalho. Acostumaram-se com os grupos de elite e não podem malbaratar o tempo com aqueles que transitam nas faixas mais próximas da *sombra*, necessitados de amparo e de esclarecimentos. Diversos optam pela crítica ácida, tudo censurando quando poderiam auxiliar. Afirmam que se fossem realizar algo o fariam muito bem, e porque não estão dispostos a contrariar-se, permanecem na postura de fiscais do trabalho alheio.

O certo é que não escasseiam homens e mulheres realmente credenciados para a obra do bem. Todavia, no momento, estão mais interessados no *ego* que os governa, distanciando-se de quaisquer empreendimentos não lucrativos do ponto de vista financeiro. Nunca têm tempo para a caridade, que consideram ultrapassada e herança religiosa que deve ser deixada à margem.

Desconhecem, sim, o significado do sofrimento, que ainda não experimentaram, da necessidade, que não lhes bateu à porta, da solidão, que ainda não os visitou...

Despertarão um dia, sem dúvida, quando as circunstâncias não forem tão favoráveis e entenderão o precioso dom da fraternidade, a bênção da compaixão, a dádiva da tolerância e a misericórdia da beneficência, todas filhas diretas da caridade que ora menosprezam.

Não te preocupes com eles, que estão muito ocupados com os seus próprios interesses, não desejam ser perturbados e têm esse direito.

Igualmente, não censures os teus companheiros de luta ainda mergulhados nas sombras transatas que não conseguiram clarear e dificulta-lhes, por enquanto, a visão real e soberana da realidade. Eles se encontram no campo de lutas, e isso, sim, é o importante. Estão desbravando o solo sofrido e preparando-o para os nobres missionários de amanhã. No momento, fazem o melhor ao alcance e são felizes por se encontrarem desincumbindo-se, na medida do possível, do compromisso que abraçam.

Ajuda-os sem exigência e desculpa-lhes a insensatez.

Silencia as suas invectivas e rudezas, auxiliando-os com a gentileza e a cortesia que te estejam ao alcance.

Esses lidadores merecem respeito e cooperação, porque, por outro lado, afadigam-se para realizar o melhor, mesmo que o não consigam.

Valem os seus esforços, e os alicerces que coloquem no solo facilitarão o surgimento do edifício da paz e do amor.

Nascente de bênçãos

Jesus sempre esteve com os necessitados, que se transformaram em Sua família.

Ao convidar os amigos para que fizessem parte do Seu Colégio, não teve a preocupação de atrair os mais bem equipados na cultura, no destaque social ou político... No entanto, um O negou três vezes, outro O traiu, enquanto Ele ficou impertérrito no cumprimento do dever.

Aqueles portadores de poder e de empatia derivada da cultura criaram-Lhe embaraços e dificuldades, que Ele soube superar, desculpando-os também. Eles estavam enganados e desconheciam a fugacidade da vida física e a realidade que os aguardava.

Ajuda, quanto te seja possível, a construir o Reino de Deus na Terra, servindo e amando, cantando o poema incomum do Evangelho aos ouvidos do mundo aturdido e rico de sofrimentos.

Berlim, Alemanha, 20 de maio de 2001.

12
SELEÇÃO NATURAL

Ao elaborar a sua teoria da evolução, o eminente cientista Charles Darwin estabeleceu que a luta pela vida respondia pela sobrevivência das espécies mais resistentes e mais hábeis, resultando no fenômeno da seleção natural.

Essa ocorrência é efeito dos mecanismos inerentes às formas vivas que se proporcionam os meios de preservação e reprodução.

Graças ao instinto nas manifestações primitivas e ao volume de força, bem como à adaptação aos fenômenos climatéricos, os seres mais frágeis desapareceram lentamente ou foram todos vitimados por cataclismos que periodicamente ocorrem no planeta.

Essas mudanças contribuíram também para o surgimento de novas expressões e constituições orgânicas perfeitamente compatíveis com os fatores mesológicos então existentes, auxiliando o ser humano nas modificações que se lhe fizeram indispensáveis ao cérebro e a outros órgãos para o processo evolutivo. Nesse caso, coube ao Espírito a tarefa especial de modelagem da aparelhagem somática, através do seu perispírito, o agente modelador dos mecanismos físicos, emocionais e psíquicos.

Conquistando o conhecimento e a razão que discerne, esse indivíduo passou a dominar as outras manifestações da vida não mais exclusivamente pela força bruta, mas especialmente pelos recursos da inteligência, que lhe tem constituído precioso instrumento de crescimento moral e espiritual, mas nem sempre utilizado conforme deveria, em face das injunções do seu anseio de crescimento interior.

Utilizando-se desse admirável veículo para dominar e sobrepor-se aos demais, fomenta guerras entre pessoas, grupos e nações, de forma que detenha o poder para o prazer, em manifestação egotista de hedonismo pernicioso.

Como consequência, também passou a agredir e destruir a Natureza que lhe serve de mãe generosa, ameaçando o futuro da Humanidade, pela desordenada ganância a que se entrega, distante dos sentimentos de respeito e de gratidão que lhe são devidos.

Dessa maneira, torna-se vítima de si mesmo, a pouco e pouco, não obstante as inimagináveis conquistas que lhe assinalam a caminhada.

Nessa luta competitiva, armada ou não, aqueles que são menos astutos e que vêm superando os instintos primários a grande esforço passam a sofrer-lhe o hediondo impositivo, sem, no entanto, perderem as forças morais e espirituais, que, afinal, governam o mundo real.

Os triunfos econômicos e políticos, bélicos e culturais, embora o projetem no cenário social, não o impedem de experimentar o fenômeno biológico da morte, que reduz a aparência à condição de cinza e lama no portal da eternidade, impondo-lhe o despertar além da disjunção molecular conforme se comportou, creu e produziu.

A inevitabilidade da desencarnação demonstra-lhe quais os valores legítimos, bem diversos daqueloutros aos quais se atribui consideração exagerada.

O conceito da seleção natural também pode ser aplicado no que diz respeito ao processo de evolução da sociedade como um todo e do ser humano como indivíduo.

A obstinação de alguns Espíritos na preservação das más inclinações que lhes são heranças das fases primeiras do desenvolvimento intelecto-moral, na prática exorbitante das ações nefastas com que perturbam a Humanidade, na imposição das suas paixões dissolventes sob os mais variados artifícios, não fica imune aos corretivos correspondentes estabelecidos pelas Soberanas Leis que regem o Cosmo.

Ninguém consegue transitar no mundo defraudando os tesouros da Divindade nele ínsitos sem sofrer-lhes as consequências inevitáveis.

Não havendo, nos Soberanos Códigos da Vida, punições nem privilégios para pessoa alguma, cada qual responde pela sua forma de conduta mental, verbal e física, repetindo, posteriormente, a experiência infeliz até fixar os conteúdos enobrecedores que o libertam da inferioridade da qual procede.

A evolução é inevitável e nela encontram-se incursos todos os seres, desde os mais primitivos até o arcanjo, que também começou por ser átomo, conforme esclareceram os guias da Humanidade ao codificador do Espiritismo Allan Kardec e registrado na questão 540 de *O Livro dos Espíritos*.

Extraordinária essa lei que tudo encadeia em inimaginável conjunto harmônico, no qual nada destoa em razão da sua procedência divina.

No entanto, ante a aparente predominância do mal na Terra destes dias, pensa-se que dificilmente o bem se estabelecerá em substituição à desordem e ao crime, desde que se multiplicam a hediondez e a perversidade, o abuso e o desconserto espiritual, ameaçando as estruturas morais já conquistadas a penosos sacrifícios.

Tendo-se em vista que vigoram em toda parte as Leis de Afinidade e Identificação, aqueles Espíritos que permanecem sistematicamente nas faixas inferiores serão afastados do planeta por si mesmos para outros núcleos de evolução, conforme a sintonia com outros de semelhante qualidade moral, onde experimentarão o remorso do paraíso perdido e lutarão por volverem ao seio da Humanidade que prejudicaram, quando recuperados.

Por outro lado, considerando-se o conhecimento e as conquistas intelectuais como tecnológicas que houveram conseguido na Terra, no mundo onde se encontrarão, impulsionarão ao progresso os membros do novo lar e contribuirão para o desenvolvimento geral, reabilitando-se através das ações construtivas e adquirindo créditos para o retorno à generosa Mãe-Terra...

Essa seleção natural já se opera desde há algum tempo, trazendo-se das regiões de sofrimento espiritual os déspotas e perversos, aqueles que se fizeram escravos das paixões destrutivas no seu desvario insensato, para que tenham oportunidade de evoluir, e se a malbaratarem novamente, perderão o ensejo de prosseguir na abençoada escola terrestre, recomeçando em outras paragens.

Desse modo, tudo se encadeia em a Natureza e nada lhe obstaculiza a fatalidade do progresso que lhe está destinada.

Atendendo o impositivo da evolução, estás mergulhado no oceano das oportunidades felizes que não podes desperdiçar.

O conhecimento espiritual que te exorna o ser não tem como finalidade tornar-te um expoente da vã cultura ou um destacado membro da intelectualidade social. Tem por meta despertar-te para a construção do mundo melhor, para a tua transformação interior, sublimando as tendências grotescas, os sentimentos cháos e avançando no rumo da Grande Luz, que a todos aguarda.

Essa seleção natural, que também reúne os Espíritos enobrecidos para serem promovidos com o planeta, está ao teu alcance, aguardando somente que te eleves em pensamentos, palavras e atos, assim te tornando desde já membro ativo da sociedade feliz.

Praga, República Tcheca, 21 de maio de 2001.

13
EUTANÁSIA, CRIME HEDIONDO

São incontestáveis o progresso e o desenvolvimento da Ciência e da tecnologia na construção de meios e na aquisição de recursos, a fim de tornar a vida na Terra mais feliz, superando-se dificuldades e limites, ao mesmo tempo que se prolonga a existência física, harmonizando-a com a emocional e a psíquica.

Esforços incomparáveis são aplicados em tratamentos cirúrgicos de intrincada complexidade, conseguindo-se verdadeiros milagres na substituição de peças delicadas e desobstrução de outras de relevante importância, a fim de facultar a sobrevida de pacientes antes sem qualquer possibilidade.

Máquinas de sofisticada engrenagem e computadores de última geração especialmente concebidos para finalidades médicas facultam mais amplas possibilidades de vida digna, auxiliando pessoas em desespero, que se recuperam de graves enfermidades ou têm os dias ampliados, assim dando curso à existência física.

Considerados os níveis de vida atual com aqueles do passado, pode-se avaliar com júbilo os inestimáveis serviços aplicados em favor da criatura humana, no que diz respeito ao binômio saúde-doença, com mais audaciosas perspectivas de bem-estar em face dos prognósticos desenhados para o futuro da Medicina.

Especialistas laboriosos neste momento trabalham em favor da aplicação dos processos viroterapêuticos, para auxiliar o organismo na sua recuperação, bem como as atuais conquistas da clonagem de órgãos com finalidades de substituir outros danificados, sem os riscos de rejeição ou complicações outras que ocorrem amiúde.

Enfim, todo um arsenal de técnicas e de experiências dignificantes está sendo colocado em uso com o objetivo de auxiliar o Espírito a prosseguir na sua marcha ascensional, utilizando-se do corpo que o reveste e foi elaborado pelos seus contingentes morais resultantes das suas ações transatas.

Concomitantemente, ao lado desses indispensáveis contributos acadêmicos, surgem as valiosas terapias alternativas, algumas das quais trazem de volta os benefícios da Natureza, a fim de complementar as aquisições logradas nos laboratórios e centros de pesquisa avançada.

Lentamente, todos esses extraordinários sucessos vão aproximando os cientistas do momento em que redescobrirão a Lei Natural, que se origina no Amor de Deus pelas suas criaturas, e defrontarão com a realidade inegável do Espírito imortal, preexistente e sobrevivente ao invólucro celular, agente de todos os acontecimentos orgânicos.

É óbvio que, mesmo com todos os avanços do pensamento-realidade, a morte se apresentará sempre como a etapa inevitável de todos os processos materiais.

A venerável máquina biológica, por mais tenha prolongados os seus dias de atividade, enfrenta um momento no qual devem cessar todos os fenômenos vitais e, decompondo-se, retornar aos elementos primordiais de que se constitui.

Etapa estabelecida desde o momento da sua constituição, transforma as suas moléculas pouco a pouco, libertando o ser real que retorna ao Mundo original, que é a Fonte Geradora da Vida.

A batalha contra a morte somente será vencida pela Vida espiritual, que é real e eterna, da qual tudo procede e para cujos círculos tudo retorna.

Uma vida digna é sempre responsável por uma morte elevada.

O sofrimento, que muitas vezes acompanha o moribundo ou precede os momentos finais, é resultado de longos processos evolutivos necessários à sublimação do Espírito, que o experimentará conforme as próprias estruturas morais.

Dores acerbas em determinados indivíduos são administradas com relativa nobreza, enquanto outras, de menor porte, constituem verdadeiro calvário para caracteres mais frágeis. Temperamentos pacíficos e comportamentos dóceis encaram as ocorrências afligentes e funestas como naturais, enfrentando-as com elevada resignação, no entanto outros, de constituição agressiva e rebelde, presunçosa e vazia, aumentam o próprio tormento, mediante o desespero a que se entregam e à revolta que os domina.

Todos os acontecimentos amargos e enfermidades extenuantes, degenerativas e desestruturadoras fazem parte da agenda espiritual de cada pessoa, que a carrega desde antes, em razão do comportamento que se permitiu.

Por isso, a necessidade de expungir, de recuperar o equilíbrio moral, de sofrer os danos causados a si mesmo e aos demais pela sua sistemática impulsividade, reconquistando o malbaratado patrimônio de saúde espiritual.

A morte com dignidade, conforme algumas pessoas pensam e planejam, jamais será aquela propiciada por agentes externos que apressam a consumpção do corpo. A dignidade está na maneira como é enfrentada a desencarnação, mesmo porque, após o silêncio sepulcral, a vida estuante aguarda o viandante com o patrimônio que lhe é próprio, e não com os disfarces em que se oculta.

Abreviar-se a morte de um paciente terminal, na suposição de que as suas são dores impossíveis de serem suportadas, é cometer hediondo crime contra a vida e a humanidade nele representada, já que ninguém se pode facultar a presunção de autor da existência para poder interrompê-la a bel-prazer.

É certo que há momentos ímpares de dor e angústia, mas os procedimentos médicos podem atenuá-los, auxiliando o ser a aguardar o momento da libertação, quando todas as energias estejam esgotadas e ele possa, por fim, librar-se feliz e recuperado para sempre de todas as aflições.

Jamais se terá como definitiva a morte cerebral ou a certeza de que é lícita a interrupção da vida carnal.

Se o paciente a solicita e é atendido, ei-lo na condição de suicida, e aquele que o auxiliou no trespasse torna-se um homicida consciente. Se foram os seus familiares, justificando o excesso de despesas com a manutenção do enfermo, ou por compaixão, ou pensando em oferecer-lhe suavidade nos momentos finais, esses eufemismos de comportamento constituem grave homicídio também.

A Divindade estabeleceu leis que orientam todas as ocorrências no Universo, particularmente no que diz respeito à conduta moral e espiritual dos seres inteligentes reencarnados.

Ninguém, portanto, pode-se atribuir poderes divinos e estabelecer conclusões absolutas em torno dos fenômenos humanos, conseguindo o arbítrio de decidir entre os que devem viver e aqueles que devem morrer.

Essa decisão é de Deus e todo aquele que assume a responsabilidade de fazê-lo responderá pelas suas sinistras consequências.

Preocupado com a palpitante questão da eutanásia, Allan Kardec interrogou ao Espírito S. Luís, em 1860, se cabe ao homem interromper os sofrimentos de alguém que os padece superlativamente. E o benfeitor da Humanidade redarguiu que os momentos finais, como verdadeiro relâmpago, podem ensejar ao moribundo lucidez, como ocorre com frequência, para o arrependimento que o auxiliará na vida após o corpo, despertando mais feliz. Ademais, acrescentou que todos os momentos vividos nessa etapa final são de relevante significado para o ser em processo de libertação.

A preocupação, naqueles passados anos, com a eutanásia já mereceu das Entidades venerandas a opinião definitiva em torno do ato abominável.

Jamais, portanto, será justificável a aplicação de procedimentos mutiladores da vida orgânica, quando o paciente encontrar-se na etapa final ou antes dela, devendo-se sempre aguardar que se cumpram as determinações da Vida para a felicidade do Espírito que retorna ao lar e daqueles que lhe dão a conveniente e misericordiosa assistência do amor.

Praga, República Tcheca, 22 de maio de 2001.

14
VENDA DE ÓRGÃOS HUMANOS

A vida humana é sagrado patrimônio que a Divindade oferece ao Espírito durante o seu necessário desenvolvimento.

Rumando para a angelitude, o período de humanidade já lhe constitui uma conquista de alto porte, abrindo-lhe ensejo para os voos mais audaciosos que lhe permitem a inteligência e o sentimento.

Responsável pela complexidade do conjunto de que se reveste, graças aos investimentos de amor que aplica em favor de si mesmo nos cometimentos anteriores, movimenta-se no traje orgânico que lhe é de relevante necessidade para atender às aspirações que acalenta no íntimo.

Preservar esse tesouro e enriquecê-lo de energias saudáveis para que possa estar sempre em condições de atender aos impositivos da evolução é tarefa impostergável que a consciência impõe.

Mutilá-lo, mudar-lhe a configuração para atender às paixões desordenadas da sensualidade e do erotismo, da vaidade e do exibicionismo constitui desar cujos efeitos manifestam-se no perispírito e repontarão no momento próprio cobrando os dividendos da incúria praticada.

A beleza, a estética e a harmonia procedem do Espírito, que as exterioriza com função de enobrecimento. A sua utilização indevida para atendimento da sensualidade e do mercantilismo doentio gera profundas dilacerações no invólucro modelador que padece as descargas mentais exteriorizadas para essa insensata finalidade que se deseja alcançar.

É certo que os tratamentos cirúrgicos de correção de defeitos e deficiências, anomalias e deformidades que foram produzidos por equívocos anteriores podem e devem ser realizados, porque a felicidade que resulta do cometimento, quando exitoso, facilita a reabilitação do endividado através dos abençoados mecanismos das Leis de Amor que são acrescidas pelos da Misericórdia Divina.

Não estão inscritos nas Leis da Vida o sofrimento, a amargura, o desespero e todos esses processos de desestruturação da alegria de viver. Eles decorrem dos comportamentos agressivos que o Espírito se permite, desencadeando recursos hábeis para a competente reparação. Trata-se de metodologias reeducativas que são oferecidas para a conquista saudável dos valores elevados.

Cirurgias transformadoras dos órgãos genitais, implantes de substâncias encarregadas de alterar as formas físicas, trabalhando modelagens concordes com os padrões vigentes de elegância e de atração para o banquete exclusivo do prazer e da vaidade constituem agressão às matrizes perispirituais, que passam a sofrer os novos impositivos que se transferirão para o corpo.

Os débitos morais não regularizados transformam-se em diferentes meios para renovação e reparação dos erros cometidos.

A Divindade inspira o desenvolvimento da Ciência com finalidades muito bem definidas, como um sacerdócio que contribui para a saúde e a felicidade do ser humano durante o trajeto no mundo material.

A aplicação desse tesouro, naturalmente, deve receber conveniente remuneração, a fim de que o médico e o terapeuta possam desfrutar de uma existência confortável, sem que, no entanto, transformem-se em negociantes exploradores da saúde humana.

Os procedimentos cirúrgicos alcançam na atualidade extraordinário momento de glória, quando se podem transplantar diversos órgãos saudáveis para facultar o prosseguimento de reencarnações em perigo de encerramento.

Da mesma forma que a existência foi prolongada em número de anos e de bem-estar graças às conquistas da Medicina em geral e da Farmacologia em particular, a cirurgia contribuiu para esse mister, tornando-se, no que diz respeito aos transplantes de órgãos, verdadeira doadora de oportunidade e de reequilíbrio.

Vidas, quase fanadas umas, assinaladas outras por tormentos incomparáveis sob necessidades contínuas de hemodiálise, diversas em estertores angustiantes por processos leucêmicos, muitas sob os camartelos das disfunções cardíacas, queimaduras dolorosas e deformadoras, bem como outros transtornos afligentes, vêm recebendo, nos transplantes, esperança de sobrevida e recuperação mesmo que temporária, minorando provações e modificando expiações sob as dádivas do Amor de Deus através dos Seus missionários terrestres.

Não obstante, diante de tão grandiosa conquista, o materialismo e a indiferença pelos destinos dos demais seres humanos vêm transformando o ministério salvador em mercantilismo vil, no qual verdadeiras máfias constituídas por profissionais médicos e outros exploradores da vida exigem altas somas pelos órgãos que são retirados de cadáveres sem a permissão dos seus familiares, ou que não foram concedidos pelos seus possuidores antes da morte, favorecendo apenas aqueles que podem pagar os altíssimos estipêndios em detrimento de outros necessitados que ficam angustiados aguardando a sua vez em listas intermináveis, nem sempre atendidas conforme a ordem de espera.

Mais hediondas ainda são as condutas de criminosos desapiedados que sequestram crianças e jovens para o mercado de órgãos, assassinando-os cruelmente, sem qualquer sentimento de humanidade.

Infelizmente, ainda viceja na Terra a escravidão de crianças e de jovens para o cruento mercado da prostituição infantil, assim como destinados à morte por pais asselvajados, a fim de que os seus órgãos possam ser utilizados para salvar outras vidas.

Jamais o crime adquirirá cidadania moral e será justificado, em face do horror de que se reveste e da degradação humana que conduz.

O comércio, pois, de órgãos, estabelecido por pessoas que se dizendo necessitar de dinheiro utilizam-se dos veículos da Informática para os negociar, assim pensando acabar com as suas dificuldades econômicas, é hediondo e criminoso. No entanto, quão dignificante é o gesto de alguém doar parte do seu corpo, a fim de atender a outro ser que experimenta rudes testemunhos do caminho da evolução!

Dia virá, porém, não muito distante, em que os governos das nações estabelecerão uma bioética severa para que sejam conduzidas as conquistas da Ciência Médica sempre em favor da Humanidade, e as leis constituídas façam-se respeitadas sob graves impositivos.

Jesus, na condição de Médico de corpos e de almas, demonstrou o Seu poder em cada momento diante dos mais variados tipos de sofrimentos e deficiências, trabalhando o cerne do ser e alterando com as Suas energias superiores a constituição do perispírito, a fim de que o corpo pudesse apresentar-se recuperado, dando ensejo aos pacientes de recomeçarem a marcha da evolução em clima de dignidade e serviço de elevação.

A morte, porém, que é fenômeno da vida física, sempre chega, e o momento de reflexão apresenta-se auxiliando na análise e exame da existência ora em extinção, convidando todos os indivíduos à meditação em torno dos atos, reprogramando-se para futuras reencarnações.

Assim, diante do nefando comércio de órgãos, cumpre sejam estabelecidos códigos de prioridades e de dignidade, compreendendo o médico a sua missão de sacerdote da Vida, e não apenas de profissional do mundo dos negócios, que se utiliza das conquistas da evolução para locupletar-se no gozo e na fortuna, distante dos sentimentos de compaixão e de fraternidade para com as demais criaturas.

Viena, Áustria, 23 de maio de 2001.

15
CIRURGIAS ESPIRITUAIS

A inefável Misericórdia de Deus sempre proporciona ao ser humano os recursos hábeis para que a paz, o bem-estar e a saúde o alcancem, embora os percalços existenciais.

Quando escasseiam os meios humanos convencionais, nunca faltam os valiosos contributos da oração, da inspiração, da ajuda espiritual direta ou indireta, proporcionando os tesouros incalculáveis do amor para tornar a vida mais suave e menos dorida.

Todos os dissabores e enfermidades de qualquer procedência encontram no Espírito as causas que os desencadeiam no corpo, na emoção ou no psiquismo. O ser real é sempre o responsável por quaisquer ocorrências no trânsito carnal. Em consequência, todas as providências saneadoras de distúrbios devem ser direcionadas às matrizes, ao veículo modelador orgânico.

Atendendo às necessidades evolutivas dos homens e mulheres reencarnados na Terra, o Senhor da Vida permite que os generosos Espíritos que desempenharam o ministério médico no mundo retornem, a fim de os auxiliar durante o curso de enfermidades dolorosas e pungentes. Quando escasseiam os recursos técnicos e acadêmicos, não poucas vezes, eles vêm oferecer o contributo do auxílio fraternal, vitalizando a virtude da caridade, que é sempre a bandeira que desfraldam.

Espiritualmente, durante os desdobramentos parciais pelo sono, conduzindo os enfermos às regiões de onde procedem, ali realizando transfusões de energias benéficas e curativas, que se incorporarão ao patrimônio celular.

Noutras oportunidades, mediante a bioenergia revitalizam os *chakras*, ativando os centros de fixação do Espírito ao corpo e mudando a estrutura molecular enfermiça, que se renova e se reequilibra.

Vezes outras, ainda, mediante o atendimento homeopático, socorrem aqueles que os buscam, estimulando-os à mudança de comportamento moral e estimulando os núcleos energéticos através das tinturas-mãe devidamente dinamizadas. Mais especialmente quando se utilizam de médiuns portadores de faculdades de efeitos físicos ou de ectoplasmia, para procedimentos cirúrgicos com instrumentos próprios ou sem eles.

Neste último caso, têm por meta chamar a atenção para a imortalidade da alma e para os mecanismos ainda desconhecidos por muitos acadêmicos que teimam em permanecer na cômoda atitude da negação sistemática, procurando explicações esdrúxulas ou complicadas para ocultar aquilo que ignoram, mesmo antes de intentarem qualquer investigação séria e descomprometida.

Embora devamos ter grande respeito pelos investigadores honestos e devotados, aqueles que se dedicam a pesquisar o que ignoram antes de assumirem atitude de hostilidade, não cabe a mesma consideração em referência aos que negam tomados de vã presunção, numa postura injustificável na atualidade como *magister dixit*.

Os fenômenos mediúnicos e espíritas ocorrem amiúde, quer desejem as criaturas, quer não, sendo de todos os tempos e sucedendo em toda parte, faltando somente interesse e seriedade para o seu estudo.

Todos os procedimentos espirituais que têm por meta a recuperação orgânica são realizados no perispírito, o campo onde se encontram registradas as necessidades de evolução para o Espírito. Conforme se haja conduzido no transcurso das reencarnações, fixam-se-lhe nos tecidos sutis e etéreos desse delicado revestimento do Espírito todos os atos que se irão impor como exigências do processo iluminativo, sejam de natureza elevada, sejam de recuperação.

Desse modo, as cirurgias espirituais ou mediúnicas não têm necessidade de ser realizadas no corpo somático, muitas vezes através de comportamentos agressivos e chocantes, violentando os dispositivos da técnica, da higiene, da precaução às infecções...

Assim sucedem para chamar a atenção dos cépticos, em face da violação dos cânones estabelecidos e vigentes nas academias de Medicina.

Hemostase, insensibilidade, assepsia, refazimento dos tecidos cirurgiados decorrem, portanto, da ação fluídica dos Espíritos-cirurgiões sobre o perispírito dos pacientes, que absorvem essas saudáveis energias, impregnando

Divaldo Franco / Joanna de Ângelis

a estrutura molecular das células e imprimindo-lhes novo comportamento.

Ademais, pretendem esses amigos generosos do Mundo espiritual facilitar filmagens e gravações outras, como fotografias, o tato dos assistentes, de maneira a demonstrar a intervenção que os chamados mortos conseguem no comportamento dos chamados vivos.

A gravidade desse cometimento torna-se mais grandiosa quando os seus médiuns, compreendendo a alta magnitude do ministério, dedicam-se em regime de gratuidade, jamais esquecendo as dadivosas messes da caridade que dimana do Pai Criador, vitalizada pelo Amor Universal.

Preparados antes da reencarnação para esse mister elevado, os médiuns que se dedicam às atividades curadoras não podem menosprezar a vigilância, a oração, a conduta exemplar, a fim de continuarem credores da assistência dos seus bondosos guias, sempre encarregados de confirmar a sobrevivência à morte e as consequências inevitáveis do comportamento de cada qual durante a vilegiatura física.

Os resultados que se podem obter através dos procedimentos cirúrgicos por meio dos médiuns operadores também se podem conseguir por meio da oração, da terapia dos passes, da água fluidificada, dos inesgotáveis recursos de que dispõem os missionários do bem no Plano espiritual.

Eis por que, ante a necessidade de qualquer terapia acadêmica, alternativa ou mediúnica, torna-se imprescindível a transformação moral do paciente para melhor, a fim de, mediante as ações de enobrecimento, contabilizar valores que possam anular aqueles negativos que lhe pesam na economia espiritual, emergindo em forma de enfermidades, dissabores, transtornos psicológicos ou psiquiátricos.

O servo do centurião que Lhe rogara ajuda para a enfermidade que o afligia recebeu do amoroso Terapeuta a cura a distância, enviando-lhe os fluidos renovadores necessários para o seu refazimento orgânico.

Ao homem da mão mirrada, mesmo sendo num dia de sábado, ante a hipocrisia sacerdotal, Ele pediu ao deficiente que Lhe estendesse o braço e, sem o tocar sequer, restituiu-lhe a mão igual à outra.

Ao cego de nascença, compadecido do seu sofrimento, Ele cuspiu sobre o pó, fez lama, passou-a nos olhos apagados do desconhecido e mandou-o lavá-los no poço de Siloé, permitindo-lhe em júbilo a bênção da visão.

À mulher hemorroíssa, que Lhe tocou a fímbria das vestes, ensejou a cura da grave doença que a infelicitava.

Para cada caso, o Benfeitor utilizava-se de um processo, agindo certamente nos tecidos sutis e etéreos do perispírito.

É sempre o amor que age em todas as circunstâncias que assinalam a presença do bem.

Viena, Áustria, 24 de maio de 2001.

16
ALEGRIA DE VIVER

Considerasse a criatura humana todas as bênçãos de que desfruta no corpo, as concessões que lhe são colocadas à disposição, e somente teria razões para agradecer, jamais para reclamar.

Evitasse a busca desordenada dos excessos e aceitasse com júbilo os recursos que lhe são necessários para uma existência digna, e tudo se lhe tornaria mais fácil.

Tentasse compreender melhor os Desígnios Divinos a respeito da reencarnação e da sua utilidade no processo evolutivo, e logo se lhe aclarariam as interrogações demasiadas, tornando-lhe a caminhada humana mais agradável e enriquecedora.

Fizesse uma comparação com aqueles que são destituídos de muitos bens e vivem com alegria, daqueloutros que experimentam rudes provações e não obstante sentem-se dignificados na experiência iluminativa, de tantos outros que despertaram para a claridade da fé libertadora e avançam com satisfação, e certamente bendiriam o pouco que pensam ter ou os prazeres que supõe não experimentar, renovando-se e trabalhando pelo próprio como pelo futuro da Humanidade.

Por sua vez, se esses limitados e sofredores se interessassem por descobrir as razões que os tornaram deficientes ou menos afortunados, de imediato passariam a valorizar esses mesmos aparentes impedimentos, enflorescendo as suas horas com paz e gratidão.

Um corpo, mesmo assinalado por amputações ou deficiências, sob injunções afligentes, no entanto permitindo lucidez mental e discernimento, representa oportunidade incomum para a evolução, pelo que faculta de recuperação para o Espírito calceta e imprudente.

Da mesma forma, uma organização somática assinalada por debilidade mental ou transtorno de comportamento, por alienação de qualquer natureza, que impedem o raciocínio e o equilíbrio emocional, igualmente significa valiosa dádiva de Deus para apressar os resgates indispensáveis, em face dos gravames perpetrados em experiências transatas.

Seja, portanto, de qual maneira se apresente a oportunidade humana, sob chuvas de granizo em forma de sofrimento ou de concessões fartas em saúde, beleza, inteligência, tem o Espírito o dever de viver sempre contente e em constante alegria, agradecendo a Deus por haver renascido na carne.

Quando se aprende resignação ante o infortúnio, este se torna mais ameno, e o que representa dissabor e angústia converte-se em esperança de melhores horas e mais afortunados momentos que certamente chegarão.

O ser humano é um laboratório espiritual, no qual se desenvolvem os valores em germe e se agigantam os atuais pródromos de felicidade.

Com alegria, o Espírito cresce na direção de Deus, enriquecendo-se de paz.

Nunca maldigas quaisquer ocorrências que te surpreendam com sofrimento e provação. Elas têm procedência significativa na economia espiritual do teu crescimento interior.

Naturalmente, a existência menos penosa parece ensejar melhores oportunidades de autorrealização e de júbilos. No entanto, nem sempre assim acontece, porquanto aqueles que hoje se encontram em posição de amargos desafios estiveram bem anteriormente e malbarataram a concessão feliz que desfrutavam.

Todos anelam pelas facilidades do caminho humano: harmonia física e beleza, inteligência e destaque social, poder e fortuna, saúde e paz, no entanto, aqueles que hoje estão favorecidos pelos tesouros referidos bem poucas vezes têm sabido aproveitar a magna oferta para prosseguir em clima de tranquilidade. A rebeldia quase sempre os assinala, porque desacostumados aos sacrifícios e provações, quando lhes surge algum impedimento ou encontram dificuldade, exasperam-se e deixam-se consumir pela revolta, tombando na insensatez da blasfêmia. Supõem tudo merecer sem maior esforço, como se fossem anjos privilegiados em momentâneo estágio na Terra, cercados de arcanjos dispostos a servi-los.

A árvore adquire resistência no lenho após os contínuos açoites dos vendavais.

Os rios atingem os mares vencendo os obstáculos que encontram no leito.

O dia rompe a noite suavemente e com perseverança.

O Espírito cresce e se desenvolve nos combates que o libertam do primarismo e o impulsionam para as cumeadas do destino que o aguarda.

Agradece, portanto, sempre a oferenda existencial, passando as horas de que disponhas com alegria.

No trabalho, sê alegre e gentil; no lar, sê cortês e jovial; nos relacionamentos sociais, sê bondoso e fraterno; no sofrimento, sê resignado e agradecido. Em toda situação que a vida te convide para os enfrentamentos da evolução, permanece com alegria.

Nada mais belo do que um coração jubiloso irradiando o sol da alegria espiritual.

Estás no mundo para tornar-te melhor e fazeres com que o mundo seja menos triste e mais rico de esperança.

Por menor que seja, faze da tua contribuição um hino de alegria e de respeito pela vida.

Jamais desprezes os acontecimentos que te convidam à mudança de comportamento para melhor.

Ninguém atinge as cumeadas de um monte sem conhecer as baixadas que o sustentam.

Realiza a tua ascensão, tornando-te exemplo de alegria pelos incomparáveis dons de amar e de servir, construindo a sociedade a que aspiras, sem esperar que outro faça aquilo que te diz respeito.

Todo o Evangelho de Jesus é um canto de alegria.

Na montanha, Ele entoou a sinfonia mais harmônica de que se tem notícia, no que diz respeito aos legítimos valores humanos e sociais, morais e espirituais.

No lago de Genesaré, Ele sempre apresentou o poema sem fim da bondade, nas incomuns mensagens de amor e de paz, bem como nos atos de conforto e renovação dos enfermos e deserdados do mundo...

Em todo lugar, Jesus sempre esteve como exemplo de alegria, e mesmo quando crucificado e aparentemente vencido, tomado de compaixão suplicou: "Perdoa-os, meu Pai, pois que não sabem o que fazem" por perceber que os Seus algozes optaram pela amargura, quando poderiam haver alcançado a alegria plena que vem do Reino de Deus.

Viena, Áustria, 25 de maio de 2001.

17
COMPROMISSO COM O AMOR

Afirma-se, com alguma razão, que o Evangelho de Jesus sofreu, através dos tempos, adulterações e interpolações, restando pouco dos ensinos originais.

Assim sendo, esclarece-se que a herança que d'Ele possuímos é caracterizada pelas interferências maldosas e desonestas dos tradutores, teólogos e demais pessoas interessadas na manutenção da ignorância, para melhor dominar as mentes incultas e desconhecedoras dos Seus postulados de amor.

Retirando-se o excesso de prevenção, resta-nos os conteúdos soberanos que não puderam ser alterados e vêm atravessando os milênios como verdadeiro desafio para a Humanidade.

Nesse sentido, as Suas lições morais independem das formulações em que se apresentam, valendo pelo sentido profundo e revolucionário de que se revestem.

Não há como adulterar-se os ensinamentos "amar a Deus acima de todas as coisas e ao próximo como a si "mesmo" ou "fazer ao próximo tudo aquilo que desejaria lhe fosse feito".

Essas duas máximas encerram toda uma filosofia ético-moral de reflexos espirituais inamovíveis, em razão das consequências de que são portadoras.

No amor, fonte inesgotável para todas as necessidades, a criatura dessedenta-se, reabastece-se de esperança e alegria, a fim de continuar a áspera caminhada de aperfeiçoamento moral, enfrentando vicissitudes e confrontos, interiormente em paz.

Nessa trilogia proposta, amar a Deus, ao próximo, porém, de forma análoga àquele que se devota a si mesmo, encontramos o convite sem disfarces para o autoamor como formulação terapêutica para a felicidade. Através desse valioso recurso que se reveste de autoestima e autovalorização, sem as nefastas expressões do egoísmo, da vaidade, da presunção, está embutido o convite ao melhoramento interior, ao enriquecimento espiritual, à luta contra as paixões inferiores, de forma que se torne sempre mais bem equipado de tesouros morais para a superação dos conflitos e das perturbações inerentes aos condicionamentos perversos.

Envolvido pelo sentimento de amor a si mesmo, o indivíduo encontra-se investido de meios que o levam a amar o seu próximo, sendo menos exigente para com as suas deficiências por identificá-las em si mesmo, sabendo quanto é difícil essa batalha sem tréguas, assim lhe compreendendo as torpezas e auxiliando-o a tornar-se mais fraterno e gentil.

Graças a esse labor, passa a amar a Deus, nele próprio e no seu irmão de jornada.

O Mestre acentuou com sabedoria que, se alguém não ama aquilo que vê, como poderá amar ao Pai, a Quem nunca viu?

Nos relacionamentos objetivos e emocionais entre duas ou mais pessoas que se estimam ou se amam, tolerando-se e ajudando-se, apesar das diferenças existentes, muito mais fácil torna-se a dilatação do sentimento que se dirige a Deus, o Magnânimo Pai.

Ao exegeta torna-se indispensável saber o texto, a circunstância e o lugar onde foi enunciado, a fim de o examinar sob vários pontos de vista, desde a etimologia de cada palavra até o conjunto geral.

Certamente ninguém há de esperar que aqueles que ouviram as sublimes palavras do Mestre as haja memorizado com rigor, de forma a retransmiti-las exatamente conforme foram enunciadas.

Mas o fenômeno é geral, havendo acontecido com os grandes pensadores cujas ideias e ensinamentos foram apresentados não necessariamente conforme expressos, mas de acordo com o entendimento de cada qual, sem que houvessem perdido o seu significado profundo e a sua característica portadora da qualidade de quem assim os ofereceu aos discípulos, adversários ou apenas ouvintes...

Não se pode negar, no entanto, que os biógrafos de Jesus, Seus discípulos Mateus e João, assim como aqueles que ouviram as testemunhas dos Seus feitos, Marcos e Lucas, estiveram inspirados por Ele mesmo, a fim de que as gerações do futuro recebessem o sustento nutriente para os momentos severos da jornada evolutiva.

Da mesma forma, os tradutores dos textos, quais S. Jerônimo com a Vulgata Latina e outros que o sucederam e a aprimoraram, ou a modificaram, adaptando-a aos interesses de castas, de imperadores presunçosos e teólogos fátuos, certamente estiveram também sob direcionamento da Espiritualidade, evitando que as mutilações se tornassem tão graves que excluíssem o sentido libertador da revolução moral que Ele trouxe à Terra.

Assim, importa mergulhar a mente e a emoção nos enunciados insubstituíveis do Sermão da Montanha, das parábolas ricas de significado e de sentido de vida, dos diálogos e pregações, de forma que sempre estará rutilante como pérola engastada na coroa dos Seus ensinamentos o amor que felicita e pode conduzir a Humanidade ao seu fanal.

Ademais, se todos os ensinos verbais empalidecessem ante os revestimentos grosseiros que os cobririam, os Seus atos, a Sua dedicação, a Sua vida e a Sua morte seriam suficientes para apresentar a mais segura diretriz de paz e espiritualização de que se tem notícia.

A extraordinária mensagem do amor é a mais poderosa de que se tem conhecimento. Vence o ódio, o desespero, a angústia, a guerra, a servidão, encorajando o ser a avançar cada vez mais no grande rumo para o encontro com a plenitude.

Foi o amor que levou mais de um milhão de homens, mulheres, crianças e idosos ao martírio em clima de entusiasmo. Tão prodigiosa a sua força, que o temor desaparecia ante as injunções mais cruéis e desumanas. Cantando, quase sempre, aqueles que seguiam ao holocausto se fortaleciam na compaixão para com os seus algozes impenitentes, perdoando-os mesmo antes de lhes sofrerem a raivosa perseguição.

O amor é de inspiração divina porque procedente de Deus.

Tens compromisso com o amor desde o momento em que abraçaste a Doutrina de Jesus, pouco importando sob qual denominação se te apresente.

O amor é o veículo de sustentação da caridade, sem cujo combustível não poderia exercer o seu ministério socorrista.

O amor é luz que esparze claridade onde se apresenta.

Ama, portanto, sempre que te seja possível, cultivando a piedade fraternal em relação àqueles que se comprazem em ser-te inamistosos ou mesmo adversários. Eles ainda não conhecem a alegria de amar, por isso se obstinam em criar embaraços àqueles que estão fascinados pela força irresistível do amor. Um dia, também eles, os teus inimigos, cederão a esses impulsos sublimes que resultam do amor.

Roma, Itália, 26 de maio de 2001.

18
IRMÃO DA NATUREZA

(Falando a S. Francisco de Assis)

Enquanto a sociedade estertorava nas guerras cruentas de dominação de povos e vidas, sentiste a necessidade de lutar pela pátria, evitando o abuso daqueles que se consideravam com direito de escravizar os seus irmãos.

Não compreendendo a luta que deverias travar, pensaste que as glórias antevistas em sonho referiam-se aos tesouros terrestres, e, para melhor compreenderes o Amor do Cristo, marchaste para a defesa dos fracos, pensando em servir a Deus e ao país.

Nascido para a paz, jamais poderias combater com armas destruidoras, por isso tombaste prisioneiro dos hábeis verdugos, que te encarceraram e te fizeram sofrer.

Humilhado e enfermo, retornaste ao lar, quando foste visitado pelo Amigo-Amor que te convocou para diferente luta, cujas armas seriam a mansidão, a pobreza, a renúncia, o sacrifício.

Eras jovem e sonhador, trovador das noites estreladas e amigo da ilusão. No entanto, possuías uma tristeza invencível que nada conseguia diminuir.

Dissimulavas a melancolia com a jovialidade, mas sabias que a tua vida não te pertencia, embora não entendesses a solidão interior que te macerava, preparando-te para a soledade entre todos pelo resto da tua existência.

Mas quando ouviste o chamado do Cantor da Misericórdia, todo o teu ser tremeu de emoção e perdeste o interesse pela existência convencional.

Começaste o despojamento, liberando-te das coisas, para poderes libertar-te de ti mesmo, a fim de te entregares a Ele por inteiro.

Os teus não te compreenderam, mas os leprosos de Rivotorto receberam-te as doações de pão, de paz, de carinho com lágrimas que os olhos da alma vertiam em abundância, na decomposição em que se consumiam.

Mais tarde, outros solitários vieram unir-se à tua soledade, a fim de formarem o rebanho submisso ao cajado do Pastor.

Ignorando a Teologia, sabias o Evangelho na sua integral pureza, sem disfarces nem dissimulações, e saíste a vivê-lo, enquanto o pregavas com palavras simples e atos de coragem incomum.

Transformaste as noites festivas de cantos e banquetes em um perene poema de beleza, enaltecendo os irmãos Sol, Lua, Chuva, Pássaros, Lobo, Neve, enquanto o mundo de então te espreitava com desconfiança e desinteresse. Mas o teu exemplo de abnegação continuou sensibilizando outros corações ansiosos de vida nova, que te passaram a acompanhar pelas estradas da Úmbria, albergando-se na Porciúncula modesta e desprovida de tudo, menos de ternura.

Quando menos esperaste, havia multidões que se comprimiam para ouvir as tuas canções de esperança e de caridade, tocadas pela tua presença e a dos teus cancioneiros, tão desprotegidos como tu mesmo, no entanto amparados pelo Sublime Cantor.

Irmão Francisco! Canta outra vez para nós o teu poema de amor, nestes calamitosos dias que vivemos!

As noites da Terra já não são ricas de canções, mas de expectativas dolorosas.

Os grupos juvenis raramente se reúnem para sorrir ou para os folguedos inocentes, e sim para a embriaguez alcoólica ou o envenenamento por drogas alucinantes.

O enamoramento que precede à união dos corpos foi sucedido pela volúpia do sexo em desalinho e a posterior dilaceração dos sentimentos em face do abandono e das suas consequências perversas.

O relacionamento fraternal tem sido transformado em gangues violentas que se arremetem umas contra as outras em fúria desconhecida.

A literatura gentil e cavalheiresca cede lugar à pornografia desabrida e às narrações de funestos acontecimentos.

A música romântica transformou-se em vulcão de ruídos metálicos que induzem à loucura e à bestialidade.

A poesia perdeu a inocência e a beleza, passando às arremetidas de palavras sem nexo ou construções de palavras sem ritmo, sem rima, sem mensagem.

É certo que ainda permanecem em alguns grupos o sentimento de amor, de fraternidade, de beleza e de harmonia, afirmando que nem tudo está perdido na grande noite adornada de ciência e de tecnologia, na qual as almas estorcegam sob os camartelos do sofrimento.

Existe muito conforto para uns e nenhum para outros. Aliás, também nos teus dias era assim, razão por que preferiste os últimos, oferecendo-lhes carinho por faltarem outros recursos.

O progresso facilitou o intercâmbio entre as criaturas e propiciou o desenvolvimento da criminalidade e do ódio.

Há grandeza, sim, na arte e no pensamento, na cultura e no sentimento, porém, a fé empalideceu e agoniza ante a predominância do comportamento hedonista que se espalha por toda parte.

O firmamento está cortado a cada momento por grandiosas naves conduzindo milhões de indivíduos de um para outro lado, com todo luxo e facilidade. Todavia, milhares de ogivas nucleares carregadas de bombas de alta destruição aguardam o simples movimento para dispararem suas cargas terríveis de desagregação de tudo.

Nesse pandemônio de alegrias e pavor, de riquezas e misérias, de esperanças e desencantos, há milhões de pessoas anelando por conhecer-te ou reencontrar-te, a fim de que a tua canção, Irmão da Natureza, reconduza-as a Jesus, a Quem tanto amas!

Volta novamente à Terra, Trovador de Deus, para que tua pobreza inunde de poder todos aqueles que acreditam na força de não ter nada, nas infinitas possibilidades da não violência e no infinito Amor do Pai!

Irmão Francisco:

O teu Irmão Lobo transformou-se no monstro devastador das drogas que consomem a juventude, em especial, e a outros indivíduos, em particular.

As lutas de cidades, umas contra as outras, ainda continuam, e agora muito mais graves, na violência urbana.

A poluição química da atmosfera que ameaça a Terra, filha daquela de natureza mental e moral, lentamente destrói a Irmã Natureza que tanto amas.

Homens dominadores e perversos ameaçam-se ainda através da política escravizadora das moedas, que subjuga os povos que não têm voz no concerto das nações poderosas.

As vozes que proclamam a paz estão muito comprometidas com a guerra.

O mundo de hoje aguarda o retorno da tua Canção, Pobrezinho de Deus, porque ela impregna as vidas com ternura, amor e paz.

Iremos fazer um grande silêncio interior, preparar os caminhos e aguardar que tu chegues, simples e nobre como o lírio do campo, bom e doce como o mel silvestre, amigo e irmão como o Sol, para que tua voz nos reconduza de volta ao rebanho que te segue e levas ao Irmão Liberdade, que é Jesus.

Assis, Itália, 27 de maio de 2001.

19
ALTERAÇÕES DO DESTINO

Afirma-se que o destino deve ser cumprido a qualquer preço.

Informa-se que se está na Terra para sofrer, para pagar, em um fatalismo perturbador e doentio.

Explica-se que ninguém consegue fugir dos erros e crimes praticados, razões pelas quais volve ao proscênio terrestre em sucessivas reencarnações.

Tais colocações são pessimistas e amargas, impondo a clava da Justiça Divina de forma impiedosa, longe dos ditames do amor e da misericórdia, como se não houvesse outros processos liberativos para os infratores das leis.

É que permanece, no inconsciente do ser humano, a figura antropomórfica de Deus, feito à sua imagem e semelhante nas suas paixões primitivas.

Como a visão humana é muito estreita ainda, apesar das notáveis conquistas realizadas pelo pensamento e pelos engenhos da Ciência e da tecnologia, não tem dimensão da Grandeza do Pai e dos mecanismos superiores de que se utiliza para corrigir e impulsionar o Espírito na sua ascese para a felicidade.

Certamente, a reencarnação tem por meta ensejar reparações, correções de erros, mas também desenvolver os germes dos valores transcendentes que dormem nos recessos da vida.

À semelhança da semente que necessita do calor e da umidade do solo para desabrochar, libertando o vegetal que se lhe encontra ínsito, o Espírito foi programado para os contínuos renascimentos no corpo físico, pelo menos durante o seu périplo no planeta terrestre, a fim de melhor favorecer o desabrochar do seu deus interno e de todas as potências de que se encontra investido, mas ainda não as sabe nem pode administrar.

Lentamente, passo a passo, vai-se identificando com as realidades da vida de onde procede e descobrindo os recursos para desenvolver os grandiosos valores que lhe estão em germe, assim avançando na direção da sua fatalidade, que é a plenitude.

Toda marcha realiza-se a pouco e pouco.

A conquista de qualquer valor exige reflexão e esforço.

No processo da evolução espiritual, não pode ser diferente.

O erro, em si mesmo, é uma experiência menos feliz, que ensina a técnica de como não mais incidir em sofrimento, suprimindo a conduta equivocada.

Dessa maneira, o equívoco, o compromisso negativo de hoje são as experiências luminosas de amanhã que evitam novos desaires.

É natural, portanto, que toda vez quando alguém se compromete perante a consciência pessoal e a Divina, sinta necessidade de reparar, de corrigir, de recuperar-se moral e emocionalmente.

Solicita a reencarnação ou, em caso de não possuir a lucidez suficiente para identificar o delito, é-lhe proposto ou imposto o retorno à escola terrestre, onde terá ocasião de refazer o caminho, de aprender e fixar novos compromissos dignificantes, ascendendo sempre e liberando-se das heranças primárias que nele reside.

A reencarnação, portanto, antes que punitiva, constitui uma metodologia de amor, durante a qual se desenham os quadros da futura felicidade, que vão sendo conquistados de acordo com as próprias possibilidades.

Podes mudar o teu destino, conforme agires no teu dia a dia.

Não existe uma predestinação para o mal, mas sim para a perfeição relativa.

O bem que fazes é luz que acendes na noite dos teus compromissos, apontando rumos libertadores e diminuindo o débito que te pesa na economia espiritual.

Sempre que se te enseje oportunidade de servir, de construir, de auxiliar, de olvidar os prejuízos que te hajam causado, não te detenhas ante o prazer de realizá-los, disputando a honra de ser aquele que sempre está à disposição de todos na aduana da fraternidade.

Os teus atos são os teus acusadores ou defensores no tribunal da tua consciência e te representarão diante da Legislação Divina.

Se te encontras sob chuvas de dificuldades e açoitado por incompreensões e sofrimentos, sem qualquer manifestação masoquista, alegra-te, porque estás liberando débitos perturbadores enquanto constróis patamares que te facultarão ascender na escada do progresso.

Se experimentas facilidades e consegues viver com harmonia, bendize o ensejo e trabalha mais, porquanto o labor direcionado para o dever que beneficia todos é a coroa de luz a indicar os vencedores de si mesmos.

Nunca te recuses a alegria de ser aquele que está vigilante e que sempre dispõe de algo para oferecer, enriquecendo-se de paz à medida que distribui alegria de viver.

Quem enceta a marcha sob receios de vitórias ou estigmatizado pelo medo de enfrentar problemas, já perdeu uma grande parte do prazer de labutar.

Assim, mantém a mente em Deus e procura sempre descobrir o que Ele te reserva, sabendo antecipadamente que és filho d'Ele e estás sob o seu seguro comando.

Abre a inteligência à luz do saber, e os sentimentos, à ação de amar.

A construção da felicidade para amanhã passa pelos momentos da abertura de alicerces hoje que te facultarão segurança para o empreendimento.

Cada ato praticado produz um resultado equivalente.

Atiras uma pedra para cima e ela retorna ao solo. Semeias flores e o ar ficará embalsamado por perfumes. Abres valas e as águas empoçadas ir-se-ão, deixando a terra para diferente finalidade.

Assim, são o solo do coração e as paisagens do Espírito.

O que fizeres te será propício ou maléfico.

O teu destino, portanto, encontra-se ao teu alcance para alterá-lo conforme a direção que dês ao teu comportamento. E se hoje não podes decidir o que fazer ou como realizá-lo, em face dos impedimentos que te retêm nos limites estreitos da expiação, desperta em espírito e alegra-te, porque logo mais raiará dia novo para os teus projetos de plenitude.

Paira sobre ti a mirífica luz do Senhor. Nunca receies as trevas nem quaisquer sortidas do mal. Deixa que brilhe a claridade interna que se encontra no teu ser e segue adiante.

O que não consigas agora, tem paciência e porfia na ação honrosa, aguardando o amanhã que virá oferecer-te o júbilo da felicidade.

Quem confia em Deus, ama o seu próximo e respeita a si mesmo, produzindo sempre o melhor, facilmente atinge a meta para a qual foi criado.

Segue, pois, no rumo do porvir ditoso, certo da vitória final.

Milão, Itália, 30 de maio de 2001.

20
AFETIVIDADE DOENTIA

Quando o amor enfloresce o coração, a vida se enriquece de beleza e de liberdade, porque adquire sentido e significado.

Ninguém pode viver sem esse tônico de sustentação da existência. Ao fazer-se escasso, empalidecem os objetivos existenciais e fenecem os estímulos para prosseguir na jornada.

No entanto, na fase mais primária do sentimento, o amor se expressa em forma de instinto que predomina em a natureza humana. Logo depois, transforma-se em emoção que faculta alegria e proporciona paz. Mais tarde, sublimando-se, torna-se fonte de vitalidade por espraiar-se sem limite, abrangendo, a princípio, a Humanidade, depois todos os seres cientes e, por fim, também a Natureza.

Porque promana de Deus, o Seu é um toque mágico no coração, impulsionando à harmonia e à conquista dos valores eternos.

Muitas vezes, no entanto, nas suas manifestações mais primevas, é portador do instinto de posse que domina o indivíduo, procurando escravizar aos seus caprichos e necessidades aquele a quem pensa amar, tornando-se, dessa forma, uma afetividade doentia, que se faz responsável por transtornos de conduta muito lamentável.

Nesse estado, infelicita ao invés de propiciar bênçãos, as horas se tornam sombrias e cheias de expectativas dolorosas por vivenciar desconfiança e incertezas, entornando fel na *taça da convivência* que se faz cada vez mais difícil.

Noutros casos, a carga da afetividade se manifesta saturada de desejos sexuais, disfarçados ou não, que abrasam a emoção e a atormentam de maneira insuportável.

As experiências resultantes dos relacionamentos íntimos não são compensadoras, porque as ansiedades e caprichos torturadores mesclam-se com os anseios do sentimento, resultando frustrantes.

A mente permanece fixa no ser ambicionado, dando lugar a fascinações que desequilibram, transformando o tempo de convivência em intérmino e sôfrego buscar compensação sexual, sem troca de ternura ou de energias saudáveis que procedem dos pensamentos enobrecidos.

Nesse comenos, quando satisfeitos ou saciados os fortes impulsos carnais, o ciúme urde tramas de desespero, que se consubstanciam em enrodilhados de armadilhas, na busca de motivos para confirmar suspeitas injustificáveis que se tornam cada vez mais fortes até o desequilíbrio total.

Aquele que é vítima de outrem em circunstâncias dessa natureza vê-se coagido e perseguido de tal forma que se deixa tomar de cólera e ânsia pela libertação a qualquer preço.

Nesses casos, são fortalecidos os elos do ódio, que passa a consumir o comportamento, até quando se materializa em hediondo crime por um ou outro provocado.

Quando a energia sexual de alguém passa a ser explorada pelas mentes doentias, transforma-se em motivo de alucinação que faculta vampirizações espirituais que terminam por exaurir a fonte geradora...

Vigia as nascentes da tua afetividade, a fim de não te transformares em agente de perturbação de outrem, nem dilacerares os sentimentos daquele ser a quem pensas amar.

Aprofunda análise em torno da maneira como te afeiçoas e das exigências que fazes, verificando se se trata de um sentimento dignificante ou somente de um apelo sexual.

Evita, por outro lado, experiências de relacionamentos rápidos ou mercantilizados, porque nunca sabes quem é a outra pessoa ou a sua condição emocional, os seus tormentos pessoais. Muitas vinculações obsessivas entre encarnados têm início quando o sexo predomina no comportamento e falsas necessidades assomam, exigindo variações e diferentes conquistas.

O sexo é departamento da tua organização física com finalidade específica para a emoção, para a reprodução, e não meio único de que te deves utilizar para uma existência de prazeres consumidores.

Disciplina o pensamento, coibindo os apelos degenerados do erotismo em voga, e afeiçoa-te ao amor, de maneira que tenhas calma e júbilo em relação à tua afetividade.

Ama sempre libertando, sem impor teus conflitos e anseios exorbitantes, a fim de que a tua presença seja desejada, e a tua ausência, percebida.

Quando alguém se impõe a outrem, sabe-se de forma desagradável que lhe está ao lado, e, quando aí não se encontra, é notado pelo bem-estar que proporciona.

Mantém convivência agradável e enobrecida com a pessoa amada, tornando-te fonte de inspiração e de prazer, sem cobranças nem fiscalização.

Quando se é fiel, não se necessita prová-lo através dos mecanismos sombrios da insegurança. E, quando não se é, muito dificilmente poderá ocultá-lo. Vigiá-lo é uma atitude mais afligente do que calmante, porque estimula o leviano a condutas mais sórdidas, deteriorando a convivência.

O amor sempre faz bem, e, quando isso não acontece, algo se encontra errado, necessitando de revisão e mudança de rumo.

Não esperes ser correspondido na tua afeição conforme os teus padrões, porquanto cada pessoa tem uma forma de ser e uma constituição emocional muito especial, não podendo ser encaixada nos sistemas e medidas estabelecidos por outrem.

Ama com sinceridade, e, se não fores correspondido, recorda-te de que és tu quem amas, e não aquele ser a quem direcionas as tuas aspirações. Por mais gentil que seja o outro, ele não tem obrigação de te amar, porque as suas nascentes afetivas devem estar vinculadas a outra pessoa com quem sintoniza e vibra na mesma dimensão.

O fato de amares te dará satisfações inesperadas e forças para viver, demonstrando que és humano e marchas na direção de nível mais elevado, abandonando, lentamente embora, a fase do primarismo.

✳

As afetividades doentias multiplicam-se desordena-
damente no convívio da sociedade desatenta em relação aos
valores ético-morais.

Paixões nascem e se desfazem a golpes de publicidade
escandalosa, consumindo vidas e esfacelando sentimentos,
que são atirados aos desvãos sombrios das drogas e do álcool, quando não derrapam literalmente para a loucura, o
suicídio...

Vive-se o momento do erotismo e do prazer
enfermiço.

Sê tu quem ama e quem canta o amor em atos for-
mosos propiciadores de alegria e de paz.

Preserva o ser amado envolto em ondas de ternura
e de amizade, a fim de que nenhum desequilíbrio tisne a
limpidez da tua afetividade.

Basileia, Suíça, 31 de maio de 2001.

21
RENASCIMENTO

A vida morre ou se desestrutura nas moléculas que a expressam para logo depois renascer. Tudo se decompõe e volta a reconstituir-se.

O incessante fenômeno da transformação molecular é inerente à condição de transitoriedade de todas as formas e coisas.

Morre uma expressão e surge outra. O movimento vida–morte–vida obedece ao fluxo ininterrupto da imortalidade.

Somente eterno é o Espírito, que transita entre uma e outra aparência orgânica para atingir a excelsa destinação que lhe está reservada.

Essa é a fatalidade estabelecida pelo Pai Criador para todas as expressões sencientes do Universo. Mediante os renascimentos em diferentes etapas, o princípio espiritual desenvolve a consciência adormecida e todos os conteúdos da imagem e semelhança de Deus.

A semente, que possui o germe da vida, a fim de fazê-la desabrochar em plenitude, necessita ser sepultada no solo para morrer, quando então desperta e faz-se exuberante.

Também para o Espírito torna-se indispensável envolver-se na indumentária material, propiciando-se a renovação de energias para desatar a divindade que nele dorme e que o convida a ininterrupto crescimento.

Cada existência orgânica constitui uma etapa através da qual os valores internos fixam-se na consciência, facultando novos investimentos-luz para a viagem de sublimação.

Libertando-se das camadas mais toscas e grosseiras do primarismo por onde inicia a jornada evolutiva, alcança os patamares do sentimento e da razão, programando-se a conquista da angelitude que poderá desfrutar desde o momento que se lhe imponham as intenções de autossuperação.

Renascer da carne e do espírito, conforme acentuou Jesus no seu momentoso diálogo com o doutor da lei Nicodemos, significa, sim, a imantação nas moléculas constitutivas da germinação que se encarrega de construir o zigoto, depois o feto e, por fim, o ser humano.

Condensando a água que vitaliza com energia a forma física, nela imprime os equipamentos que lhe são necessários, graças às experiências transatas que lhe facultaram aquisição de implementos morais e vivenciais para atingir a meta.

Renasce a planta após a devastação da tormenta.

Renascem os rios e fontes depois do ardor do verão sob as bênçãos da chuva.

Renascem os sentimentos passadas as ocorrências dilaceradoras.

Renasce a vida em todos os fenômenos conhecidos ou não.

Renasce o Espírito no corpo físico, buscando a grande Luz.

A experiência evolutiva começa na noite do minério e ruma para a claridade estelar da arcangelitude.

É necessário nascer, morrer e renascer, conquistando níveis de sabedoria nos quais o amor e o conhecimento confraternizem em clima de libertação.

Somente através dos instrumentos que facultam o renascimento no corpo lapida-se o Espírito, que faz desabrochar todas as potencialidades adormecidas para cuja finalidade encontra-se no processo da evolução.

Necessário desalgemar-se das imperfeições, a fim de unir os sentimentos na construção da felicidade.

Há muita paisagem bela pelo caminho esperando contemplação. No entanto, é necessário seguir adiante e vencer as muitas milhas que estão aguardando na estrada do progresso.

Quem se detém, seja por qual motivo for, transfere a oportunidade de conquistar o Infinito.

O hoje desempenha papel de fundamental importância na aquisição do futuro. Torna-se, portanto, indispensável investir em luz o que se possui em sombra, que deve ser transformada em claridade de amor e de misericórdia.

São o Amor e a Misericórdia do Pai que facultam ao endividado resgatar o débito, e ao calceta, o ensejo de reparar o delito.

Da mesma maneira, cabe ao ser humano repartir a esperança, conceder ensejo de reparação, ampliar o perdão, a fim de que o seu próximo na retaguarda tenha acesso a outros patamares da emoção e da cultura, para saber, para discernir e para amar sem preconceito nem limitação.

O renascimento surge na árvore vergastada pela poda rude, abrindo-se em verdor, flores e frutos.

Sem qualquer ressentimento pelas ocorrências destrutivas que, em realidade, são apenas ocasiões transformadoras, a vida ressurge do pântano pela drenagem, do deserto pela fertilização, abençoando o mundo e todos os seres.

Morrer, desse modo, é conquistar novo campo vibratório para fortalecer as resistências e renascer, crescendo na direção de Deus.

Nunca temas: nem a morte, nem a vida.

Renascerás após o trânsito espiritual, conduzindo os tesouros que acumulaste na Terra e no Mundo extracorpóreo, que te facultarão melhores investimentos em benefício próprio e da Humanidade.

Todo renascimento é festa de compaixão pelo trânsfuga do dever.

Renascendo, a paisagem está sempre rica de cor, de alimentos, de vida.

O renascimento na carne é a reconciliação do Espírito consigo mesmo, facultando-se ensejo novo para aprender e para viver melhor.

Quando a noite moral te envolver em sofrimentos inesperados e deixar-te em expectativas mais inquietadoras, não olvides que a semente que não morrer não viverá, conforme acentuou Jesus. Assim, todo aquele que não passar pela porta estreita do testemunho não poderá contemplar a madrugada exuberante da imortalidade.

Jamais deixes que a esperança desapareça dos teus sentimentos.

Quando morram determinados objetivos, permanece no bem, e renascerão todos eles em forma de novos desafios para o teu crescimento.

Renascimento é vida, e vida é Deus.

Zurique, Suíça, 1º de junho de 2001.

22
DEFINIÇÕES

Indagas a uns e a outros qual será a tua tarefa espiritual na Terra.

Informas que os anos se sucedem e ainda não conseguiste detectar qual o ministério fraternal que deverás exercer, e por isso te preocupas.

Anelas que alguém espiritualizado ou portador de mediunidade te esclareça qual o melhor caminho a seguir, como te deverás comportar para sintonizares com precisão o pensamento dos Espíritos nobres, o que eles poderão dizer-te a respeito dos teus compromissos.

Ínsitos no ser profundo, somente tu podes adentrar-te e auscultar a memória do passado, a fim de identificares os compromissos assumidos em relação ao futuro.

Alguém poderá deduzir psicologicamente o que poderás realizar. No entanto, nos arcanos do teu inconsciente estão inscritas as necessidades de evolução e, por consequência, os impositivos de concretização dos deveres liberativos e autoiluminativos.

Não te detenhas aguardando revelações que certamente não te chegarão conforme anelas.

Faze algo. Descobre o que melhor se te apresenta no campo do serviço ao próximo em nome do Bem Supremo e dá início a um compromisso de amor.

Todos anelam por grandes missões, por sacerdócios nos diferentes campos da Ciência, do pensamento, da arte, da fé, esquecidos de que aqueles que vieram investidos desse dever experimentaram dificuldades, sofreram incompreensões para abrir espaços nas mentes fechadas e alargar fronteiras para as realizações que hoje dignificam o mundo.

Ademais, os grandes e nobres programas começam discretamente, a pouco e pouco, tornando-se admiráveis pelo seu significado depois de implantados, conhecidos e então indispensáveis.

A importância de algo surge após apresentado nas suas características valiosas e resultados incomuns.

Não penses começar por onde outros, que se esfalfaram, estão terminando.

Igualmente, não te deixes fascinar pela fama, pelo prestígio social, pela importância no mundo, porque todos esses prêmios que muitos indivíduos perseguem são fogo-fátuo que não tem legitimidade. Por isso mesmo, transitam de pessoas, passam de períodos, perdem o conteúdo, e exigem grande preço de inquietação, de solidão, de sofrimento interno.

Mme. Curie, tornando-se célebre, perdeu o contato consigo mesma, pressionada pela futilidade que lhe exigia a presença em festas e banquetes, nos círculos da moda, nos convescotes da ilusão. Teve a coragem, porém, de recusar tais homenagens e pedir que a deixassem trabalhar.

O Apóstolo Paulo, quando foi confundido com um deus e logo se preparou uma procissão para homenageá-lo, rasgou no peito as vestes, e gritou que era um homem putrescível e transitório.

Não te iludas, e não enganes ninguém.

Serve e passa, experimentando o prazer do que possas realizar em clima de felicidade.

Jesus ensinou-nos que o Reino dos Céus está dentro de nós. Indispensável que a reflexão e a alegria de viver nos facultem um estado de plenitude.

O Mestre, sendo um Espírito perfeito, não escolheu tarefa para executar, não procurou destaque na sociedade, evitou receber quaisquer homenagens. E mesmo quando, entrando em Jerusalém, foi saudado pelos ramos que celebravam vitórias, manteve-se discretamente montado sobre um jumento que pisava os tecidos que eram colocados no piso por onde Ele passava...

Convivendo com os mais pobres, fez-se simples e despojado, a fim de não os humilhar, nem lhes provocar inveja.

Dialogando com os humildes de coração, falou-lhes uma linguagem desataviada, utilizando-se de imagens populares, quais o grão de mostarda, a pérola, a palha do campo, os talentos, as lâmpadas de azeite, as redes do mar, com elas tecendo a mais bela página do pensamento filosófico de que se tem notícia.

Nunca selecionou serviço a fazer, havendo atendido enfermos do corpo, da emoção, da mente, todos doentes da alma, para demonstrar a excelência da saúde interior e da perfeita integração Espírito–mente–corpo, sugerindo sempre a necessidade de cada um evitar o erro, de não se comprometer negativamente com nada, de autossuperar-se.

Encorajou o perdão e a pureza de coração, vivendo--os integralmente em todos os momentos da Sua trajetória.

Conhecia os amigos que houvera transformado em discípulos, sabia das suas dificuldades, defecções e fragilidades morais, mas não os censurou, trocando-os por seres angélicos que melhor Lhe pudessem servir.

Foi austero sem ser rude, fez-se terno sem tornar-se piegas, foi afável evitando apresentar-se receoso.

Todo o Seu ministério foi realizado em clima de naturalidade e despojamento de aparências, por isso mesmo insuperável.

Começando-o em modesta estrebaria, encerrou-o numa cruz, prosseguindo em iridescente madrugada que prossegue até hoje derramando claridade nas noites morais da Humanidade e nas sombras densas dos corações medrosos.

Toma-O como exemplo.

Ele se entregou ao Pai em total confiança e jamais foi desamparado.

Faze o mesmo.

Não elejas realizações pelo brilho ou pela projeção que te possam oferecer, mas pela oportunidade de contribuíres em favor do progresso da Humanidade, assim como em teu próprio benefício.

Sempre há lugar e oportunidade para quem deseja trabalhar pelo bem.

✳

Consciente da necessidade de ser trabalhador da Verdade, não postergues mais o serviço, procurando informações improcedentes ou revelações retumbantes que exaltam o *ego* e envaidecem a personalidade.

Toma a charrua do Evangelho e sai a lavrar a terra dos corações.

Jesus te espera.

Zurique, Suíça, 2 de junho de 2001.

23
MEDIUNIDADE E PAZ

Se buscas a paz do coração e a alegria de viver, aprende a compreender os objetivos da tua existência, servindo sempre.

Entre os tesouros que se encontram ao teu alcance, a mediunidade é instrumento superior pelo qual poderás entoar o teu hino de louvor à vida.

Faze grande silêncio interior, a fim de escutares as vozes silenciosas que te falam à alma.

Aquieta as ansiedades do sentimento e confia na bênção do tempo, que te concederá mais tarde em harmonia aquilo que ora buscas com sofreguidão, sem mesmo saberes o de que se trata.

Os acontecimentos felizes não se dão atabalhoadamente, de maneira desordenada. É necessário criarem-se primeiro as condições próprias, a fim de que as ocorrências tenham lugar com equilíbrio, no momento adequado.

És Espírito em processo de evolução, conduzindo larga faixa de paixões primitivas que remanescem das experiências transatas e devem ser substituídas por sentimentos elevados, resultantes de novos condicionamentos.

Corrige a óptica em torno das questões existenciais e, compreendendo a necessidade de aplicar-te ao exercício da mediunidade, trabalha-te interiormente, adquirindo serenidade e ampliando a capacidade de amar.

Quem não consegue ultrapassar os próprios limites enfrenta muita dificuldade quando se propõe a auxiliar outrem que se encontra perdido em torno de si mesmo.

Amoral, na sua estrutura constitutiva, a mediunidade pode transformar-se em ponte de aflição ou canal de sublimação pessoal, conforme o direcionamento que o indivíduo lhe ofereça.

Não poucas vezes, irrompe em forma aflitiva, através de processos obsessivos, sutis ou graves, que chamam a atenção do ser humano para a sua realidade imortal, bem como para o seu comportamento anterior e as possibilidades que tem diante de si para o futuro.

Todo o empenho e o devotamento devem ser aplicados de forma que despertem as qualidades relevantes, facultando melhor intercâmbio com o Mundo espiritual, de onde procedem as realizações de toda natureza.

Pensando e agindo com moralidade e elevação, acercam-se-lhe os Espíritos bons, seus guias, que o pretendem auxiliar e aguardam oportunidade apropriada.

Em caso contrário, experimenta a injunção dos inimigos de ontem como dos antagonistas de hoje, que se lhe aproximam com objetivos malsãos, induzindo-o a situações aflitivas e perturbadoras, nas quais se comprazem.

Dependerá, portanto, de ti a maneira pela qual entesoures luz ou sombra, acumulando bênçãos ou sofrimentos para os dias porvindouros.

Enquanto é hoje, semeia bondade a fim de colheres paz.

Nascente de bênçãos

✳

Muitas pessoas, afeiçoadas à mediunidade e ao Espiritismo, interrogam por que os bons Espíritos não impedem a interferência daqueles de mau temperamento e assinalados pela perversidade.

Insistem que não conseguem entender essa indiferença dos guias das criaturas humanas.

Esquecem-se de que os mentores espirituais estão sempre vigilantes, convocando os seus tutelados para o bem, inspirando-os, socorrendo-os, porém evitando fazer as atividades que lhes dizem respeito.

Aconselham e orientam, no entanto a marcha deve ser realizada por cada qual, que irá adquirir a experiência que se lhe faz indispensável ao processo de evolução. Solucionar-lhes os problemas seria executar as tarefas que lhes não dizem respeito.

Não devem – nem podem fazê-lo, mesmo que tocados por imenso amor e compaixão – proceder de maneira diferente, porquanto interfeririam nas leis que regem a vida, e candidatariam os aprendizes do carreiro humano à inutilidade pela inoperância e falta de realização pessoal.

Quanto lhes é possível, apontam roteiros e evitam ocorrências mais perturbadoras, que lhes podem comprometer o futuro. Todavia, a sua generosidade não se pode converter em desrespeito aos deveres que todos temos para com a vida.

Ademais, quando a desencarnação surpreender os seus pupilos, estes despertarão com o patrimônio que hajam adquirido durante o trânsito carnal, mais conscientes das suas responsabilidades.

Cabe ainda considerar que os seus algozes de hoje foram suas vítimas do pretérito, vinculadas pela necessidade de reparação do mal que experimentaram. É certo que lhes não cumpre o dever de buscar a compensação, realizando processo equivalente de perversidade. No entanto, a situação espiritual em que estagiam não lhes faculta a visão correta da realidade, impulsionando-os à cobrança mediante desforços lamentáveis e rudes.

Também eles carecem de ajuda, e os mentores socorrem-nos, procurando esclarecê-los e despertá-los para a realidade em que mourejam fora do corpo somático, envolvendo-os em ternura e em misericórdia. Mas não os constrangem à mudança de comportamento, porque não lhes podem impedir o exercício do livre-arbítrio por Deus concedido a todos os seres pensantes.

Desse modo, vítimas e perseguidores são aprendizes da evolução, credores de amor e de ajuda por parte dos seres mais elevados, que se encarregam de inspirá-los ao reto caminho, à saudável conduta, à observância das leis.

O dever, porém, é de cada qual, que elege a melhor maneira de recuperar-se perante si mesmo e diante da Consciência Universal.

Sempre que te encontres açodado por Entidades perversas e odientas, recorda-te de que são nossas irmãs da retaguarda espiritual, necessitando de bondade e oração.

Oferece-te para o seu esclarecimento através dos teus canais mediúnicos, de que se utilizarão os benfeitores da Vida maior, despertando-os e renovando-os, ao mesmo tempo que te inscreverão como cooperador da fraternidade espiritual.

Nunca te canses de laborar nas atividades mediúnicas de desobsessão e iluminação dos irmãos mais endividados e ignorantes, doando as tuas energias morais e psíquicas com alegria e abnegação.

O que ofereças em sacrifício receberás em bênçãos de paz, porque é da lei que, todo aquele que mais dá, mais recebe, conforme acentuou o Mestre Galileu.

A mediunidade é caminho de luta que conduz à paz.

Zurique, Suíça, 3 de junho de 2001.

24
DÍVIDA E RESGATE

Na Contabilidade Divina, existem recursos próprios para o equilíbrio moral do Espírito que escapam a um observador menos atento.

O Universo é regido por leis inabordáveis e imutáveis estabelecidas por Deus desde o princípio. Essas leis respondem pelo equilíbrio cósmico e delineiam os comportamentos espirituais em todas as faixas da evolução. Moisés foi o missionário que as desvelou para a Humanidade. Antes e depois dele, porém, outros mestres inspirados, como Hamurabi, Krishna, Akhenaton, Confúcio, Maomé, para recordarmos apenas de alguns, transmitiram esses códigos que passaram a constituir legislações próprias dos seus respectivos povos.

A lei, no entanto, em si mesma, é severa e não pode ser alterada sob pena de perder com a sua flexibilidade o caráter de que se reveste. Em relação ao Cosmo, qualquer alteração levaria tudo ao caos do princípio. No que diz respeito aos ditames morais, pela sua rigidez, não houvesse outros mecanismos que a amenizassem, conduziria ao desencanto e à impossibilidade de alcançar-se a plenitude.

Veio, então, Buda para ensinar a compaixão, possuidora dos elementos essenciais para a harmonia interior do ser humano. E logo depois chegava Jesus, para apresentar o amor como o recurso mais sublime para facultar a perfeita identificação entre a criatura e o seu Criador, porque o amor dilui a ignorância, oferecendo os instrumentos próprios do conhecimento e da solidariedade para que sejam suplantados os delitos e edificados os alicerces dos futuros comportamentos.

...E sucederam-se os apóstolos do bem e do perdão, convocando à vivência desse postulado maior, através do qual o ser se ama, alarga-se em amor ao seu próximo e alcança o Excelso Pai.

Não obstante, faltava um meio que proporcionasse a vivência do amor sem desobediência à lei, e Allan Kardec foi convocado ao proscênio terrestre para apresentar a reencarnação, já conhecida desde há milênios, porém aplicada com o rigor inapelável dos Estatutos Soberanos.

Recorrendo à Lei de Causa e Efeito, Allan Kardec, assistido pelos Espíritos sob o comando de Jesus, esclareceu que a reencarnação oferece não somente o instrumento de reparação dos erros, mas também proporciona o desenvolvimento dos valores adormecidos no imo de cada ser, ampliando-lhe a capacidade de amar e de servir, apoiado à caridade, que é libertação do egoísmo e das paixões dissolventes.

Mediante esse contributo, as Leis do Universo não sofrem qualquer alteração, e o amor encontra campo para o desdobramento das suas possibilidades, estudando todas as demais diretrizes da vida que devem ser respeitadas e cumpridas. Na impossibilidade de serem atendidos esses impositivos de imediato em uma única rápida jornada terrestre, o valiosíssimo recurso da reencarnação propicia ao ser espiritual os meios de recuperar-se, de renovar-se, de reconstituir o que foi desarmonizado pela sua incúria sob o sufrágio do trabalho e da abnegação.

Jamais estabeleças limites éticos ao Amor de Deus em face dos teus acanhados conhecimentos das leis, porque será impossível acertares com segurança. Por isso mesmo, não sejas severo em demasia, a ponto de não concederes a quem te ofende ou perturba, aflige ou maldiz uma nova oportunidade para reparação e reconquista.

O estágio no qual predominam as paixões produz muitas sequelas no Espírito em processo de crescimento, que deverá lutar com denodo, a fim de anulá-las.

Sê, portanto, benevolente com o teu próximo, a fim de que nunca te falte a benevolência que promana de Deus.

Os teus erros têm peso específico e produzem débito moral na Contabilidade Divina, sem qualquer dúvida, sendo-te imposto em ocasião oportuna o dever de regularizá-lo.

Poderás, então, reerguer-te do abismo onde tombaste, sob as injunções de provas ou de expiações.

Se souberes resgatar mediante o amor, que é o processo benigno mais proveitoso e menos afligente, chorando para servir, terás muito mais oportunidades de reparação e aprendizagem, porque te encontrarás ativo nos labores da ordem, construindo a sociedade melhor pela qual todos anelam.

No entanto, se negligenciares as responsabilidades novas que se te apresentam, experimentarás inquietações profundas e volverás ao palco terrestre em situação penosa, assinalada por expiações graves, que são resultado da tua própria impulsividade, da tua negligência no culto dos deveres que te cumpre atender.

Toda e qualquer dívida pode ser resgatada pelo amor através do bem que se pode realizar, melhorando a situação de outras vidas, o que se torna um elemento positivo na tua economia moral. Não obstante, se te recusas ao procedimento compatível com a tua necessidade de crescimento espiritual, recuperando-te perante aquele a quem feriste ou malsinaste, que sofreu a tua perversidade ou incúria, retornarás jungido ao carreiro da aflição com tempo para meditar e reconsiderar o comportamento, preparando-te para os futuros embates programados sempre pelo amor.

Assim como não há erro que não receba sua conveniente corrigenda, o método para a sua recuperação varia de acordo com as possibilidades do comprometido e o seu desejo de reabilitação.

Há, sim, crimes hediondos, que parecem impossíveis de ser reparados. Sem dúvida, ocorrem tragédias por outros provocadas, que dão a impressão de ultrapassar os limites do amor. Todavia, desde a traição de Judas, imolando o Amigo, até os crimes de genocídios e guerras, existem recursos valiosos e incomparáveis para recuperar os criminosos, assim como para reparar as desgraças praticadas, através do amor e da reencarnação sob a ação misericordiosa do Pai.

Vale acrescentar aos mecanismos de reparação propostos ao Espírito humano a Misericórdia do Senhor, cuja dimensão nos escapa, favorecendo-o com recursos que transcendem ao nosso atual entendimento.

✳

Conscientiza-te dos impositivos das Leis Soberanas e procura refrear os teus instintos, não investindo contra as suas determinações, que nem sempre podes entender em razão do estágio moral em que transitas.

Reveste-te do sentimento de amor para tudo entender e ajudar, tomado pela caridade, que te abrirá os horizontes infinitos do bem.

Utiliza com sabedoria a tua atual existência, aplicando-a em valores eternos, que nada consome, nem perdem o significado.

Tuas dívidas, fruto da ignorância ou da rebeldia, estão presentes no Espírito conforme a sombra que acompanha o corpo onde se encontre. Não as escamoteies com desculpas injustificáveis ou comportamentos esdrúxulos e sem qualquer sentido. Aceita-as e trabalha-as com paciência, porquanto renasceste para crescer na direção do futuro, eliminando as amarras com o passado.

Zurique, Suíça, 4 de junho de 2001.

25
BÊNÇÃOS

És uma bênção de amor de Nosso Pai, em face da tua procedência divina.

Herdeiro dos Seus atributos, possuis tesouros de valor incalculável e de que ainda não te deste conta, portanto, não sabendo aproveitar com a devida sabedoria.

É certo que ainda transitas em faixas de dificuldades evolutivas, atado aos condicionamentos passados, que teimam em reter-te nas expressões iniciais, nas quais predominam os instintos perturbadores.

Dessa forma, vês com mais facilidade as deficiências do teu próximo, por serem iguais àquelas que te assinalam o comportamento, do que as virtudes que ainda escasseiam nas tuas paisagens emocionais.

Se, tomado pela certeza da tua origem espiritual, resolveres-te por identificar a face melhor de cada pessoa, poderás abençoá-la nesse ângulo, sem te preocupares com o seu lado sombra.

Abençoarás, no mentiroso, a verdade em pequena quota que nele existe, a fim de que essa porção termine por superar aquela que o retém na imperfeição moral.

Abençoarás, no egoísta, as débeis expressões de bondade que repontem uma vez ou outra, de modo a criar nele o condicionamento para a solidariedade, que o tornará rico de alegria e feliz.

Abençoarás, no caluniador, o arrependimento que surge, despertando-o para o respeito à dignidade alheia, tornando-se menos cruel em relação ao seu próximo.

Abençoarás, no inimigo, o seu lado gentil, mesmo que oculto na conduta que mantém em relação a ti, de maneira que se lhe torne preponderante, conduzindo-o à paz para com ele mesmo.

Abençoarás, no ingrato, o desejo de recuperar-se, embora nem se dê conta do nobre sentimento que lhe surge, porquanto a ingratidão é doença da alma.

Abençoarás, no rebelde, a força do temperamento, induzindo-o a aplicá-la de maneira saudável e construtiva.

Abençoarás, no orgulhoso, a coragem de enfrentar o mundo com a sua prepotência, auxiliando-o a administrá-la com resultados edificantes.

Abençoarás, no velhaco, a astúcia para a ação, por enquanto perversa e indigna, que ele poderá converter em inteligência para a prática de atos relevantes.

Abençoarás, no viciado, a persistência que tem sido aplicada para a sua destruição, contribuindo para o seu despertar e interessar-se pela conquista das virtudes que lhe podem favorecer com harmonia.

Abençoarás, no cruel, a tenacidade com que persevera nas atitudes hostis e destrutivas, quando poderá converter essa força moral em alavanca para o próprio e o progresso da Humanidade.

Abençoarás, no invejoso, a vida que tem sido malbaratada, e que Deus lhe oferece para valorizar o mundo e os seus tesouros, ao invés de perturbar-se com o êxito e a beleza que percebe nos outros e o estorcegar-se no conflito inditoso.

Abençoarás sempre, porque ninguém existe que seja totalmente destituído de qualquer sentimento que se pode converter em recurso iluminativo, auxiliando-o na conquista de si mesmo e na sublimação dos seus propósitos.

Todos somos Espíritos em processos lentos de sublimação.

Superando os instintos, sem que sejam abandonados, surge a razão, que faculta o discernimento e auxilia na compreensão dos deveres que aguardam oportunidade para serem vivenciados, avançando no rumo da intuição que supera o raciocínio e segue na conquista da angelitude.

As bênçãos de Deus sempre jorram abundantes sobre nós, estimulando-nos naquilo que é positivo e auxiliando-nos na eliminação das tendências reprocháveis e limitadoras.

É natural, portanto, que, por nossa vez, abençoemos também aquele amigo e irmão que segue na nossa retaguarda esperando ensejo de iluminação.

O Mestre conclamou-nos a perdoar e abençoar os inimigos, aqueles que se nos constituem motivo de sofrimento e de desequilíbrio, por se haverem transformado em instrumentos da lei que nos alcança, trabalhando a nossa inferioridade e fazendo com que apareçam as virtudes que permanecem adormecidas.

Seguindo a necessidade de serem permutadas bênçãos, o apóstolo Paulo, em memorável Epístola aos Hebreus, no capítulo 7, versículo 7, conclama que, sem contradição alguma, o menor é abençoado pelo maior.

Se aquele que dispõe de mais valiosos recursos não se volve na direção de quem se encontra menos dotado, como esse poderá ascender, caso não haja mão amiga distendida na sua direção, estimulando-o ao avanço e constituindo-se instrumento de socorro?

Abençoar, pois, é o mecanismo de grande utilidade para a própria renovação.

Reconhecendo-se destituído de méritos para distender bênçãos, quem assim proceder se esforçará para consegui-los, de forma que possa corresponder à expectativa que lhe cabe atender.

A bênção, além de ser uma doação de amor acompanhada de vibração vigorosa e rica de estímulos variados, é também um vínculo que se estabelece entre quem a distende e aquele que a recebe. Mediante esse envolvimento fluídico, o abençoado encontra coragem para autovencer-se, olvidando-se do mal em que se encontra, a fim de ampliar a capacidade do bem que nele se demora em germe.

Nunca será demasiado abençoar a noite, a fim de que se recame de estrelas; o dia, para que fortaleça as expressões de vida; a chuva, para que reverdeça o prado; o jardim, o pomar, a horta... Abençoar também o pântano, para que seja drenado; o deserto, a fim de que se converta em vida; as fontes, os rios, os mares, a Natureza em todas as suas expressões.

O Pobrezinho de Assis, agradecendo à Irmã Natureza todas as suas dádivas, abençoou-a, assim como o fez em relação à cidade onde nasceu.

Sê tu aquele que abençoa sempre.

Sejam os teus pensamentos, lábios e coração refertos de bênçãos, e consiga a tua existência tornar-se um evangelho de bondade para os esfaimados de amor e de paz no caminho por onde segues no rumo de Deus.

Quando Jesus exclamou na cruz: "Perdoa-os, meu Pai, pois eles não sabem o que fazem", estava abençoando os Seus algozes e suplicando novas oportunidades para suas vidas secas e perversas.

O Seu apelo encontrou ressonância no Pai Criador, e todos eles, os crucificadores de ontem, como os de hoje e de amanhã, tiveram e receberão oportunidade de recomeçar no corpo, abençoados pela dádiva da reencarnação, que é a elevada concessão do amor aos infratores, aos carentes de iluminação e de sabedoria.

Paris, França, 5 de junho de 2001.

26
INSTABILIDADE
EMOCIONAL

Conhecendo as diretrizes de comportamento espiritual com que o Espiritismo te enriquece os dias, vives em constante tormento a respeito do que deverás realizar, a fim de atenderes com segurança aos objetivos da atual reencarnação.

Estás transferindo-te de um para outro objetivo, sempre descobrindo campos novos para o trabalho, sem te fixares por longo período em qualquer um deles.

O tempo consome as horas, os anos se te acumulam e ainda te aturdes em torno de qual seria o melhor trabalho para atender, de modo que consigas a paz de espírito.

Inicialmente, deves silenciar as ansiedades de quereres realizar tudo de uma só vez e elegeres uma atividade que te preencha o vazio existencial, que te levará para experiências novas, fruindo o prazer de estar sendo útil.

Não tenhas a preocupação de ser original, de fazer algo que ninguém ainda realizou, ou desvinculado de um compromisso mais sério e grave, tentares ser ponte entre muitos indivíduos e correntes de ideias, sem que estejas seguro de ti mesmo. Como poderás produzir fraternidade entre pessoas de pensamentos e condutas diferentes, se tu mesmo ainda não encontraste o piso firme em que te apoies para as tuas decisões?

É muito fácil querer que os outros se modifiquem, que te aceitem como és, que cooperem com os teus ideais. Mas todos desejam a mesma coisa, tornando-se difícil o relacionamento entre indivíduos de formação cultural e filosófica diferente.

Aceitas Jesus conforme te é desvelado pela Doutrina Espírita e compreendes que se torna necessário expandir-Lhe o conhecimento, em face dos desafios da atualidade e da ignorância em torno desse Homem Incomum. Ainda permanecem as formulações dogmáticas alterando-Lhe a vida e o significado existencial, apresentando-O deformado e indiferente aos destinos humanos...

Essa é uma tarefa relevante a que todos aqueles que O conhecem legitimamente se devem empenhar por atender.

Situa-te nesse objetivo, e não aguardes resultados imediatos e compensadores.

Todo empreendimento de alta magnitude enfrenta obstáculos e defecções de muitos combatentes. No entanto, exatamente por isso, merece insistência e continuidade. Se fora fácil, estaria destituído de relevância, não possuindo profunda significação para alterar as vidas que se beneficiem.

Define-te pelo que irás realizar e persevera na sua execução.

Inicialmente, convence-te de que é exatamente isso que deves e que podes realizar, evitando novos envolvimentos e multiplicação de compromissos que não poderás atender.

Quem muito abarca pouco aperta, afirma a sabedoria popular, conclamando a eleição de um compromisso que seja expressivo, porém, sem desvios para a diversidade que dilui o trabalho.

A ingratidão, o abandono, a desconfiança são características do sentimento humano, que não devem ser consideradas nos esforços e empreendimentos para o bem.

Porque alguém desertou da tua companhia ou malsinou as tuas horas, ávido que se encontra de conseguir a própria afirmação psicológica, ou ainda, porque os companheiros não estão dispostos a seguir contigo, sempre exigentes e birrentos, maldizentes e indiferentes aos ideais, trabalha-os mais com os teus exemplos de firmeza e bondade, para que tenham paradigmas morais que os sustentem nas suas dubiedades e fraquezas.

A lição negativa que apresentam não deve servir de modelo para a tua análise, porém, o inverso, como a avaliação dos teus serviços nobres resistindo a todas as investidas do tempo e das circunstâncias, demonstrando a qualidade da ação do bem.

Se Jesus se pautasse pelas regras do Seu povo, pela conduta dos Seus companheiros, pelas circunstâncias da época, pelas exigências da sociedade perversa e ignorante, não nos teria oferecido o precioso legado de amor que hoje desfrutamos.

É comum dizer-se que Ele era perfeito, enquanto cada um está assinalado pelas limitações e tormentos.

É verdade, no entanto, ninguém chegará à Sua condição sem as experiências vivenciais que Ele experimentou, guardadas as proporções de ministério e de vida.

Nada no mundo é bem recebido, senão quando desperta os sentimentos utilitaristas e imediatistas das criaturas humanas. Mesmo nesse campo, logo passados os primeiros momentos de gozo e de aplauso, surgem as disputas pelo maior quinhão, as queixas a respeito dos relacionamentos, as lutas pelo poder, a presença das paixões inferiores...

Não pode ser diferente no campo espiritual, no qual te encontras.

Sê decidido no teu mister, mesmo que a sós. No princípio, serão muitas as dificuldades a vencer, mas depois continuarão outras dificuldades a serem superadas.

Ninguém atinge o acume de um monte sem os problemas das baixadas. Todavia, vencendo-os, a pouco e pouco, é-se compensado pela beleza e deslumbramento das alturas.

O mesmo ocorre na atividade espiritual a que te afervoras.

Não vivas trocando de tipo de serviço, acumulando decepções do passado e anelando por esperanças em relação ao futuro. Qualquer trabalho a executar terá sempre o seu peso moral para ser carregado.

Silencia as ansiedades do coração e procura fazer o que possas. O teu serviço valerá não pelo número de realizações, mas pela qualidade dele, pelos resultados na área da beneficência e do amor, da iluminação de consciências e de libertação de vidas das algemas da ignorância.

Nascente de bênçãos

Esta é a tua hora de realizar. Já dispuseste de muito tempo para eleger o que fazer e deste início ao que realmente te cumpre desenvolver.

Medita, fazendo uma revisão de estratégia na atividade, e volta-te para a execução do compromisso sem demora.

Não penses que o solo desconhecido é sempre melhor do que aquele que vens carpindo e preparando para a sementeira do amor.

Se a tua é uma terra árida, utiliza-te da adubação; se é sáfara, busca fertilizá-la; se é seca e ingrata, recorre à água generosa; mas seja qual for o tipo que tenhas para trabalhar, insiste e persevera, porque somente o tempo futuro se encarregará de oferecer-te a resposta da sementeira que pretendes realizar.

Paris, França, 6 de junho de 2001.

27
HINO À
IMORTALIDADE

A imortalidade é um hino de louvor a Deus. Sem ela, tudo estaria destinado ao caos, à desintegração sem sentido.

Por mais se observem as formas no cosmo, mais se constata que tudo se encontra em ininterrupta transformação, na qual a energia é o elemento basilar de todas as construções moleculares.

A vida se aglutina em partículas em torno de um elemento modelador para realizar o seu mister, volvendo à origem através da desestruturação da forma em que se expressa.

O ser humano, por consequência, é um Espírito envolto por um campo vibratório que se encarrega de reunir os elementos básicos, construindo a indumentária de que se utiliza para o desenvolvimento das potências que lhe procedem de Deus.

Fosse a morte a desintegração e desaparecimento do ser e nada justificaria o seu surgimento e existência breve para a destruição total, não havendo finalidade ética nem finalismo lógico.

Em tudo, porém, vibra o Pensamento Divino Construtor, que se expande na variedade infinita de formas pelas quais se expressa.

A vida física, portanto, procede de uma outra, que é a espiritual.

Nasce-se, vive-se, morre-se e renasce-se em ciclos contínuos da evolução sem limite, viajando-se no rumo da Realidade Total.

Ao homem atormentado e cruel, ao injusto e vil, muito agradaria que a vida se acabasse no túmulo, porquanto fugiria dos efeitos da sua conduta, havendo realizado um excelente negócio existencial, que teria sido a torpeza, na qual se comprazia. Entretanto, a vida o espera após o portal de lama em que se transformou o corpo, sem que houvesse a desintegração da sua consciência.

Àquele que ama o belo e investe na sua preservação, multiplicando os fatores que geram a harmonia e que facultam a felicidade, a morte igualmente não interrompe o processo da vida, porque o conduz de volta ao encantador reduto de procedência.

A muitos, que não se decidem pela eleição de como conduzir-se, e para qual finalidade encontram-se no envoltório material, a surpresa por ocasião do despertar após o letargo da desencarnação irisa de esperanças e de alegrias as horas, concitando-os a futuros empreendimentos propiciadores de felicidade.

Uma análise materialista sobre a existência da inteligência, o seu aparecimento casual e a sua morte final não resiste aos mínimos requisitos da lógica nem do bom senso, quando se respira vida em todas as transformações e objetivos delineados nas mais diversas construções existentes.

O acaso, que nada define, perde o seu significado oportunista e cede espaço à Causa Original, de onde tudo procede, impulsionando a inteligência à conquista de mais amplo patrimônio de lucidez para o seu enriquecimento ante o infinito.

Tudo quanto faças, realiza-o tendo por meta a tua imortalidade.

Sejam as tuas construções aquelas que resistam aos fatores tempo e espaço relativos, favorecendo-te com eternidade.

A cada hora, pensa com mais clareza sobre o que te representam as condições de vida e de ação, revivendo as horas idas e o que te ofereceram em caráter de significado, de sabedoria e de paz.

O teu crescimento interior dilata os horizontes para as tuas ações, que irão lentamente te plenificando, ao mesmo tempo que te aumentarão a alegria e o bem-estar pela concessão da vida que fruis.

Se considerares o sofrimento como um acidente de percurso, que poderia ser evitado, mas que ora te ensina a como agir corretamente, bendi-lo-ás, aceitando-o como estímulo para novas conquistas sem a sua necessidade. No entanto, se o tiveres em conta de punição e impiedade das Soberanas Leis, experimentarás um sentimento de amargura ou de revolta, que o conhecimento da Verdade evitaria.

Cuida, portanto, de aprimorar a tua capacidade de entender as ocorrências do processo de evolução.

Em face da sensibilidade orgânica, emocional e da estrutura evolutiva do ser, as dores se apresentam com a finalidade de promover o correto, porque são resultado das condutas infelizes ou dos pensamentos em desalinho e perturbadores. Essas construções mentais negativas e pessimistas sempre provocam respostas semelhantes diante da Lei de Afinidade ou de identificação existente no Universo.

Promove-te interiormente mediante a luz do discernimento e do conhecimento, podendo superar os lamentáveis processos de angústia, que se fazem necessários para os rebeldes e insensatos, ignorantes e desinteressados dos objetivos existenciais.

Renasceste para crescer e entender a Vida.

Recolhes os atos que atiraste no rumo do futuro, em forma de resultados. Agora se te fazem necessárias novas ações, que elegerás de melhor qualidade, a fim de que o porvir seja coroado de harmonia.

Em tudo coloca o *sal* do amor, nas mínimas coisas que sejam, e sentirás o sabor de felicidade em tudo quanto realizes e promovas, mesmo que aparentemente não signifiquem muito.

Jamais esqueças que o Universo é constituído de micropartículas que se atraem mediante a grandiosa força de coesão.

Assim também, procura gravitar em torno do centro universal, que é o amor, vitalizando-te com essa energia indestrutível que promana do Supremo Amor.

Cada dia da tua existência é uma parte da sinfonia da vida imortal, compondo toda a gloriosa musicalidade.

Faze a tua parte como instrumentista que compõe uma orquestra e cuja contribuição é valiosa para a beleza do conjunto.

Sem jactância, sem pessimismo, consciente do teu valor como ser vivo e inteligente, avança no rumo dos objetivos essenciais da tua existência.

Consciente da imortalidade e conhecedor das causas da vida, Jesus transitou entre as criaturas mantendo a meta para a qual viera, que foi proclamar a imortalidade.

Ante a jactância farisaica, ignorante e soberba, manteve a tranquila certeza de que eles se enfrentariam a si mesmos após a disjunção molecular e compreenderiam o erro em que se movimentavam.

Perante a ingenuidade das massas, tomado de infinita compaixão, ensinou e despertou os sentimentos para o amor, porquanto mediante esse hálito superior poderiam despertar felizes além do túmulo.

Diante de todos que defrontou, sempre se manteve sereno e afável, demonstrando que a vida física é um hino de louvor à imortalidade.

Paris, França, 7 de junho de 2001.

28
PROBLEMAS
EXISTENCIAIS

O inter-relacionamento pessoal nos tempos modernos constitui um grande desafio para a criatura humana, que se vê empurrada para o individualismo, em razão dos muitos problemas e conflitos que lhe são impostos.

Graças à *Internet* e às facilidades de comunicação via satélite, à comodidade de manter convivência com outras pessoas sem sair do lar, de terem simplificadas as atividades de compras, vendas e recreações virtuais, em razão do receio pela violência urbana e pela criminalidade que se expandem em todas as direções, o refúgio doméstico abre portas para um sem-número de ações que preservam as conveniências pessoais e diminuem os riscos que ameaçam o indivíduo.

Não obstante, a necessidade do convívio mais próximo, do contato físico e enriquecedor permite que pessoas sensíveis afeiçoem-se umas às outras sem o encontro direto, o que também apresenta graves perigos para os relacionamentos, em razão da presença de criminosos e desajustados nesses veículos, que deles se utilizam para ficar navegando em busca de pessoas ingênuas e tímidas, despreparadas para esse tipo de companheirismo.

Ademais, a venda desonesta de produtos de todo tipo, a possibilidade de enriquecimento ilícito e aventureiro, a facilidade de exibir paixões soezes que expõem a pornografia e o erotismo através dos macabros mecanismos da obscenidade e do horror atraem desprevenidos e insensatos às suas armadilhas, tornando esses instrumentos portadores de graves e imprevisíveis riscos para todos aqueles que os utilizam, sem o discernimento necessário para os enfrentamentos.

Além disso, a facilidade de adquirir cultura e penetrar em museus, bibliotecas e universidades, de intercâmbio com outros grupos espalhados por todo o mundo afasta inexoravelmente as pessoas da comunicação doméstica, gerando irritabilidade quando os fenômenos normais do lar parecem impedir o isolamento, a fuga para o espairecimento, a necessidade da visita e do convívio virtual.

É inestimável o valor desses modernos instrumentos de comunicação individual e de massa que, por outro lado, trabalham uma sociedade global, sem as diferenças que compõem a harmonia, encarregada de apresentar programas que situam todos no mesmo nível de comportamento, ao mesmo tempo que a divulgação rápida das tragédias e crimes, dos escândalos e destruições dão a falsa ideia de que a vida perdeu o seu significado e todos se encontram sob a espada do destino implacável, ameaçando cair e ceifar todas as vidas...

As informações são sempre rápidas e devoradoras, porque outras aguardam oportunidade, quase nunca sendo aprofundados os temas apresentados nas televisões e *Internet*, ou quando aparecem neste último veículo, fazem-se tão complexos e volumosos, que somente raros aplicam-se a investigá-los.

As pessoas evitam-se na presença umas das outras, para se buscarem através dos veículos frios e insensíveis de comunicação artificial.

Vives momentos difíceis nos teus relacionamentos domésticos.

A irritação toma conta da tua conduta e sentes que as afeições, que antes te exornavam o Espírito, não passam de cansaço e aborrecimento.

As pessoas se te parecem estranhas ou desagradáveis, egoístas ou indiferentes aos teus problemas.

A falta de conversação harmônica, em razão da bulha no lar, produzida pela televisão e pelo rádio, convocando cada membro da família a um interesse pessoal distante do coletivo, tem sido responsável pela tua fuga para o pessimismo e o desinteresse de trocar opiniões, discutir temas edificantes e conviver agradavelmente.

Questões de pequena monta, que um pouco de atenção e de diálogo franco poderiam resolver, avolumam-se e tornam-se motivo de afastamento dentro de casa, produzindo muralhas entre as pessoas.

Desamados, os filhos procuram convivências mais compatíveis com a sua necessidade de afirmação, quase sempre tombando em mãos violentas ou criminosas, que os levam ao álcool, ao tabaco, às drogas, ao sexo irresponsável...

A família se destrói e é acusada de irresponsável, como se fosse uma instituição que a si mesma se constrói, e não o resultado do grupamento de pessoas que a formam.

O que antes era decidido no lar, no conselho familiar, agora é transferido para profissionais especializados, encarregados de dirimir problemas e estudar dificuldades, sem um conhecimento profundo de cada caso, exceto pelo que lhe é relatado com a quota de emoção e de paixão do narrador, igualmente preocupados com os próprios problemas e com os lucros que lhe podem resultar do trabalho a que se dedicam.

A sabedoria da convivência doméstica foi substituída pela argúcia e habilidade de outras pessoas que se transformam em conselheiras das causas alheias, que sempre procuram fórmulas fáceis ou soluções apressadas, sugerindo, não poucas vezes, condutas extemporâneas, que deixam dilacerados os sentimentos dos seus companheiros ou familiares.

Torna-se urgente e necessário o retorno ao ninho doméstico em condições vivas e emocionais, sem o patrulhamento dos modernos instrumentos da telecomunicação, muito preciosos, porém, com os limites e perigos de que se revestem.

Nada mais positivo do que o contato direto, pessoal, rico de emoções, que muitas vezes também se transforma em problema e perigo nas relações. No entanto, o afastamento das pessoas, umas das outras, a busca romântica e sonhadora de seres especiais, angélicos ou nobres têm gerado dramas existenciais muito graves para os indivíduos, assim como para a sociedade como um todo.

Convive pessoalmente com as demais criaturas, sentindo-as de perto, inter-relacionando-te com estima e confiança, oferecendo crédito de bondade para com elas.

Necessitas de amigos próximos, fisicamente presentes, que te conheçam e a quem conheças. Eles também necessitam de ti. Trata-se de um intercâmbio vigoroso e humano, espiritual e atuante.

Diante dos problemas existenciais que te assaltam, recolhe-te à meditação, busca o Evangelho e reflete nas suas lições, tomando as atitudes que não perturbem o teu próximo nem a ti mesmo aflijam.

Quando se ora e se procura a melhor resposta, ela sempre chega, emergindo do inconsciente, inspirada pelos bons Espíritos ou resultante dos sentimentos bons que a elaboram.

Não te transfiras de um para outro problema sem os resolver com serenidade, evitando ouvir todas as pessoas que se te acercam e a quem pedes conselhos e orientações.

Se não conhecerem a profundidade dos teus desafios existenciais, menos identificações possuem aqueles que não estão envolvidos.

Assim, aprende a pensar antes de agir, para que o faças corretamente. E se buscares a ajuda de um profissional nessa área, reflexiona em torno da sua opinião e diretriz, evitando seguir a sua orientação apenas porque se trata de uma pessoa que reconheces como capacitada.

Em qualquer situação, busca Jesus e Sua inspiração, e não te faltarão os recursos para tornar mais amena e feliz a tua existência.

Paris, França, 8 de junho de 2001.

29
INSTITUTOS DE AÇÃO MORAL

Multiplicam-se na Terra os educandários preocupados com o desenvolvimento intelectual e tecnológico das criaturas humanas ou encarregados de trabalhar o desenvolvimento físico e muscular, apresentando excelentes programas de ginástica e desportos, objetivando competições e profissões de alto coturno, sempre anelando a vida corporal efêmera.

Nada de mais digno e merecedor de aplausos, porquanto essa é uma contribuição inestimável para a construção de cidadãos saudáveis do ponto de vista orgânico e social.

Esse fabuloso investimento científico-tecnológico tem oferecido à Humanidade bens de alto significado, no entanto não conseguiu transformar moralmente a sociedade, eliminando o egoísmo, a violência, o ódio, as guerras, nem as enfermidades que são somatizadas pelos desconcertos emocionais, levando a transtornos muito graves.

A formação intelectual do ser é muito valiosa, especialmente se acompanhada da disciplina que lhe corrige os instintos agressivos e trabalha pelo respeito aos direitos dos demais. Ao mesmo tempo, a cultura física, os desportos e as artes têm contribuído, desde os gregos antigos, para a formação de pessoas saudáveis na constituição orgânica, produzindo atletas e pequenos deuses, que são amados e disputados como os antigos gladiadores de Roma no seu apogeu.

É credor de todo respeito esse extraordinário contributo da cultura e da civilização, no entanto, a inexistência de institutos para a formação moral dos indivíduos chama a atenção pela falta de interesse dos governantes e educadores no que diz respeito à construção do ser interior, psicológico e portador de saúde total.

Quando se cuida da inteligência sem o correspondente contributo para as questões do sentimento e da ética, pode--se facultar campo para o desenvolvimento da crueldade sob justificativas variadas, conforme vem acontecendo, quando se tornam legais pela sociedade comportamentos hediondos, quais a prática do aborto, da eutanásia, da pena de morte, do suicídio, da guerra, que jamais terão um sentido moral. Matar, em qualquer situação, é crime previsto desde o Decálogo, prolongando-se pelos demais códigos da Humanidade, que sempre objetivam preservar a vida e respeitá-la.

O mais chocante é constatar-se que esses comportamentos destrutivos são adotados por países de formação religiosa, muçulmana, judaica e cristã, em cujos estatutos fundamentais a vida é credora de todo sacrifício e jamais deve ser destruída.

Anteriormente, os institutos de formação moral eram portadores de grande contributo religioso, que trabalhavam o indivíduo para a fé, e não raro para intolerância em relação às pessoas que não compartilhavam das suas crenças. No entanto, predispunham os aprendizes ao respeito a Deus, às leis, à sociedade, ao seu próximo e, sobretudo, contribuíam para a sua formação interior, enriquecendo-o de esperanças e de paz.

À medida que as religiões vêm perdendo a consideração dos seus profitentes e muitas se aferram aos interesses políticos, enquanto outras estão vinculadas às conquistas de patrimônio material, o desinteresse pela fé e pela moral campeia, produzindo uma cultura sem Deus nem amor e sem valorização da vida, o que é profundamente lamentável.

Preenchendo esse imenso vazio, o Espiritismo oferece a mais saudável ética-moral de que se tem notícia, que é aquela que se fundamenta no pensamento e nas ações de Jesus, quando esteve na Terra trabalhando os alicerces para a construção do Reino de Deus.

Suas lições, repassadas de respeito pelos seres sencientes e toda a Natureza, de onde retirava as mais belas páginas para compor alguma das suas insuperáveis parábolas, são portadoras de ensinamentos dignos, de equilíbrio emocional e mental, fatores essenciais para a saúde orgânica.

Abrangendo todo o elenco de necessidades humanas, Ele estabeleceu como paradigma existencial a certeza da imortalidade do ser, facultando que a caminhada terrestre insira-se no contexto da Vida eterna, ao invés de apresentar-se como a única a merecer sacrifício para o prazer e para o gozo.

Demonstrando que somente o amor é capaz de propiciar a felicidade, dele fez a base dos Seus ensinamentos, transformando-o em psicoterapia preventiva aos males que afligem as criaturas, como também curadora para os distúrbios instalados na emoção e na conduta.

Atualizando o pensamento de muitos místicos e filósofos que O anteciparam, fez da simplicidade a metodologia para os ensinamentos, e do exemplo, a cátedra para lecionar, arrebatando quantos O escutavam pela irradiação de autenticidade que se exteriorizava do Seu verbo e dos Seus sentimentos.

Ultrapassando pelo sacrifício que se permitiu a muitos daqueles que vieram antes para Lhe preparar o advento, sancionou a fraternidade como elo entre os seres, o perdão como medicamento para as graves feridas da alma e a caridade como mecanismo de reparação de todos os males.

Foi no amor, no entanto, que Ele exaltou a vida e o Pai, o próximo e a Humanidade, fazendo-se modelo do ensinamento, cuja moral que dele se deriva é o respeito a todas as formas vivas ou não, jamais perturbando ou destruindo seja o que for.

Torna-se necessário o retorno a Jesus e à Sua escola de formação moral.

O desenvolvimento intelectual é fascinante e amplia os horizontes do ser para entender o Universo e a vida. No entanto, este deve ser acompanhado daquele de natureza moral, não a moral social e convencional, mas sim aquela que transforma o indivíduo de dentro para fora, elevando-o a patamares de nobreza e de honra, nos quais se transforma em irmão de todos, por todos lutando e sacrificando-se, consciente dos seus deveres, mas também dos seus direitos de filho de Deus e de construtor da nova Humanidade.

Ao Espiritismo e aos novos cristãos decididos cabe a honra de criar os institutos de formação moral através da

Nascente de bênçãos

divulgação dos postulados do bem e da vivência destes, sem receios de constrangimentos impostos pela hipocrisia social e pelo parasitismo das conveniências de ocasião, gerados pelas situações de vantagens nas quais muitos se locupletam.

Enceta a campanha da formação moral de todos aqueles que convivem contigo ou ao teu lado. Tem, porém, o cuidado de ser-lhes exemplo de ordem e de correção de hábitos, para que não te vejam como um novo fomentador de ideologia religiosa ultrapassada, mas de vanguardeira do futuro feliz para a sociedade culta e desditosa destes dias.

Londres, Inglaterra, 9 de junho de 2001.

30
RECONHECIMENTO

A bênção da reencarnação é um hino de louvor à vida, sem a qual a existência humana se reduziria a um período muito breve para as experiências evolutivas, que não lograriam atingir a plenitude com a realização completa do ser espiritual.

Renascer para recomeçar a tarefa que ficou interrompida ou facultar-se o desenvolvimento intelecto-moral indispensável. Como consequência do processo evolutivo, cabe à criatura louvar e agradecer a oportunidade de crescimento moral e espiritual.

Embora a ocorrência de sofrimentos e dificuldades que são instrumentos naturais para o desabrochar de todos os recursos jacentes no íntimo do ser humano, esses fatores constituem fenômenos propiciatórios à felicidade, porque ensejam a aprendizagem para o respeito às leis e à vida.

Não conhecesse o ser humano os desafios e apelos da existência, e pouco significado teriam a paz e o prazer, a alegria e a felicidade.

Para conquistá-los, o investimento imediato é a luta que lapida as arestas e crostas externas que ocultam a gema espiritual.

Assim, a gratidão desempenha papel relevante na estrutura emocional e mental do indivíduo.

Quando o sentimento de gratidão domina a criatura, a vida adquire beleza, porque propicia bem-estar. Dando campo aos sentimentos de amor e de gratidão, os neurônios cerebrais produzem enzimas que facultam a instalação da saúde e preservam a harmonia do conjunto orgânico.

Em caso contrário, o mau humor, a ingratidão, as reações negativistas e caracterizadas pelo pessimismo propiciam a abundância de moléculas devastadoras que se distendem por todo o sistema nervoso central e pelo endócrino, abrindo espaço para a instalação de enfermidades variadas e de distimias perturbadoras.

O sentido da existência é amar, e para que seja lograda essa meta faz-se indispensável que a gratidão aos recursos iluminativos faça parte da agenda emocional do Espírito.

Assim sendo, somente há motivos para a vivência desse sentimento que enfloresce a vida, tornando-a cada vez mais digna de ser fruída.

Quem não sabe agradecer não é credor de oportunidades para receber e desfrutar, porque o ingrato é alguém que envilece a alma e envenena a emoção, perdendo as melhores ocasiões de desenvolver-se interiormente.

A gratidão, portanto, é base segura para a construção do bem e do dever de humanidade.

Sem ela, desagregam-se as melhores construções da fraternidade e do bem, que passam a plano secundário, deixando de contribuir para o entusiasmo e a alegria que devem revestir todos os propósitos humanos.

Aprende a agradecer, não apenas através de palavras, mas principalmente por meio da fidelidade a quem te concede amizade e carinho, enriquecendo tuas horas com as concessões do progresso.

Agradece ao teu corpo a oportunidade de crescimento espiritual, dele cuidando com respeito e atendendo-o nas suas necessidades de evolução, ao mesmo tempo que propicia maior campo para a cultura da inteligência e das emoções, ampliando as tuas horas no planeta que te serve de colo de mãe.

Agradece a educação que recebeste, aureolando-te de informações preciosas para a existência e abrindo-te espaços para o entendimento dos deveres que a reencarnação enseja.

Agradece a bondade e a rudeza com que sejas tratado, porque cada qual desempenha um papel importante na construção da tua personalidade e na definição dos teus rumos.

Agradece a mão que se te dirige para apontar-te caminhos ou segurar-te na rampa da queda, evitando-te a defecção ou fracasso.

Agradece ao amigo e ao inimigo a sua existência, retribuindo em bondade tudo quanto recebas de um ou de outro. Certamente amarás mais ao amigo, o que é natural, sem que se te faça necessário odiar o inimigo. O fato de não lhe desejar mal nem lhe retribuir as ofensas recebidas já representa nobre expressão do amor.

Agradece a luz do dia e a sombra da noite, encarregadas respectivamente de finalidades especiais na construção da vida terrestre.

Agradece o sol e a chuva que te proporcionam abundância de pão e de harmonia nas paisagens da Natureza.

Agradece as horas de reflexão e de tensão, porque ambas te constituem elementos de fortalecimento moral.

Agradece os sentidos de que estás constituído, mediante os quais podes manter contato com o Universo e descobres suas maravilhas.

Agradece os limites que te caracterizem, porque através deles irás descobrindo as finalidades da vida, enquanto desenvolverás novas fontes de informação e de consciência.

Agradece toda e qualquer expressão do bem que te chegue, sem o qual dificilmente te enriquecerias de luz e de progresso.

Agradece a paz e a luta que se alternam durante os teus dias. Fossem apenas de paz todos eles e perderias o significado, e se se expressassem apenas em pelejas, a exaustão retiraria os incentivos para prosseguires, por desaparecimento de finalidade.

Tudo, portanto, canta e louva a Vida, e a reencarnação é o instrumento abençoado para o descobrimento de todas as glórias ocultas, que um dia exornarão o ser humano.

Nunca te canses de agradecer, seja qual for a circunstância em que te encontres, servindo ao bem ou sofrendo as injunções educativas.

Quem não aprende a agradecer não adquire valores para ser feliz.

Agradece, portanto, tudo que tens ou que te falta e a todos que te cercam.

✳

Nascente de bênçãos

Quando Jesus recomendou o amor até mesmo aos inimigos, estimulou a gratidão por todas as concessões que a vida oferece aos viajantes humanos.

Ele mesmo agradeceu a Deus todos os tesouros que Lhe foram concedidos para o messianato que veio realizar e conseguiu desincumbir-se com superior qualidade de êxito, porque se fez a verdadeira representação do amor.

Londres, Inglaterra, 10 de junho de 2001.

31
VICIAÇÕES MENTAIS

O hábito doentio de elaborar pensamentos perniciosos gera construções profundamente perturbadoras, que se transformam em tormentos incessantes na casa mental, agredindo as tecelagens delicadas do aparelho cerebral.

Anseios que não são concretizados na esfera física, não poucas vezes, constituem apelos do pensamento que exorbita nas suas necessidades, produzindo construções infelizes, das quais ressumam com frequência as emanações morbíficas.

Instalado o vício mental, o paciente transfere-se para o mundo interior, vivenciando experiências que não se consumam na esfera orgânica, mas que agradam psiquicamente em processo degenerativo que se agrava.

Nesse campo, têm primazia os descontroles sexuais, que passam a constituir dramas perigosos, arruinando os sentimentos de nobreza e dignidade, por se permitirem ceder espaço a situações vulgares e promíscuas em contínuos estágios de desbordamento.

Arquivados nas telas da memória, são ativados com facilidade sempre que algo por semelhança produz a liberação das lembranças.

Em muitas ocasiões, o paciente instala-se, emocionalmente, nos vícios mentais, deixando-se consumir pelas extravagâncias mais grosseiras, nas quais se exaure, perdendo o controle sobre eles e desviando-se da realidade.

Liberam-se durante as horas do repouso pelo sono, constituindo-se sonhos de inquietante consumpção.

Tão graves se fazem esses aspectos mórbidos do pensamento, que as suas vítimas somente conseguem harmonizar-se para o refazimento orgânico após vivenciarem as cenas que lhes agradam e que fazem parte da sua agenda interna de prazeres.

Imensa área das emoções fica sitiada pelas viciações mentais, evitando que o indivíduo se realize na convivência sadia das demais pessoas ou aspire a relacionamentos compensadores através da amizade e do amor, vencendo os hábitos que se enraizaram no inconsciente profundo.

Muitos desses componentes perversos originaram-se na timidez ou no descalabro dos desejos ruinosos, quando foram transferidos para a esfera mental, onde outrem não teria acesso, apresentando reproche ou analisando a qualidade moral do viciado.

Ignorados exteriormente, eles significam muito para quem se nutre na sua preservação, revivendo-os com a frequência que se torna mais pertinaz, até chegar, não raro, a estados de alucinações, nos quais a realidade perde totalmente o sentido para ceder-lhes lugar.

Os vícios mentais são verdadeiros algozes da alma humana, que devem ser combatidos com veemência, recriando-se outras ideias de natureza harmônica e saudável.

No mundo mental, proliferam os sentimentos e anseios de cada criatura. Conforme o estágio no qual se encontra, elabora pensamentos compatíveis com o que considera suas necessidades mais imediatas, derrapando, quando são formados de vulgaridade e sensualismo, erotismo e crime, para auto-obsessões de consequências imprevisíveis.

Concomitantemente, em razão da qualidade de onda em que se espraiam esses pensamentos, atraem Espíritos infelizes do mesmo teor, que passam a conviver psiquicamente com os seus responsáveis em processos ainda mais severos de obsessões degenerativas, que culminam em subjugações perversas.

Os desencarnados, que passam a alimentar-se das formas-pensamento, instalam-se nas matrizes mentais e lentamente passam a comandar o fluxo das ideias que o enfermo se vê obrigado a atender.

O pensamento é fonte de vida e responde conforme a vibração mental que lhe é dirigida.

Indispensável pensar corretamente, a fim de construir situações agradáveis e compensadoras, que se transformam em campos de alegria de viver.

Desse modo, necessitas de corrigir os hábitos mentais, substituindo com segurança aqueles que são perversos, doentios e sensuais por outros de natureza edificante, que te possam enriquecer de bem-estar e saúde, fortalecendo-te o ânimo para a luta e as resistências morais para a vivência saudável.

Sempre que te ocorram pensamentos destrutivos, chocantes e aberrantes, transfere-te de imediato para outros que lhes sejam opostos, aclimatando-te a outras áreas de vibrações interiores.

Desde que não podes viver sem pensar, cultiva ideias enobrecedoras e aproveita o mundo mental para construir o futuro, semeando esperança e paz interiormente, que se converterão em confiança na vida e tranquilidade na existência.

Cada qual é aquilo que pensa. De acordo com as formulações elaboradas e as ondas emitidas, o mundo cósmico responde com igualdade de solicitações.

Se aspiras a atingir o cume da montanha altaneira e o seu oxigênio puro, respirarás regiões psíquicas possuidoras de elevadas cargas de saúde; se anelas pelo pântano pútrido, habitarás regiões pestilentas nas tuas paisagens interiores.

A tua existência se transformará naquilo que elaborares mentalmente.

Os vícios mentais, portanto, são ponte para a aberração e a loucura, que deves interromper, gerando hábitos edificantes, que te compensem as atividades em andamento.

Ninguém poderá realizar esse mister por ti, em face da interioridade de que se revestem. Somente a tua decisão e ação conseguirão pôr um ponto final nesse infeliz processo de gozo doentio e destruidor.

Inicia o costume de pensar no bem e no amor sem as formulações apoiadas nos instintos primevos que ainda não foram superados.

Dá começo à fixação de vidas ricas de bondade e de situações em que floresça a felicidade, e verás que lentamente ressumarão do teu inconsciente as novas fixações que passarão a fazer parte da tua agenda emocional.

Não dês tréguas aos pensamentos viciosos a que te aferras, gerando novas fontes de bem-estar e confiança de que alcançarás a felicidade que te está destinada.

O ensinamento do Mestre exarado no texto "busca primeiro o Reino de Deus e Sua Justiça, e tudo mais te será acrescentado" deve fazer parte das tuas reflexões mentais, facultando-te o exercício dos pensamentos edificantes e portadores de alta carga de alegria e de fraternidade. Mediante esse cultivo de deveres que se insculpem na proposta da busca do Reino de Deus e de Sua Justiça, encontrarás as forças para alcançar tudo o mais de que necessitas na vilegiatura terrestre, transitória e indispensável.

Habitua-te, portanto, a pensar bem, a fim de que o bem se te instale na mente e se derrame pelo coração através dos teus lábios, que ensinem e orientem, e das tuas mãos, que socorram e dignifiquem.

Londres, Inglaterra, 11 de junho de 2001.

32
AMOR AOS DESENCARNADOS

Diante dos irmãos desencarnados em aflição, disten-de o sentimento de compaixão e de solidariedade, envolvendo-os nas dúlcidas vibrações da prece inter-cessória.

A morte arrebatou-os na direção da Vida, que os sur-preendeu com a exuberância da sua realidade, sem que estivessem preparados para o novo despertar.

Acostumados à hipnose do prazer ou enceguecidos pelo orgulho e vaidade que lhes amorteceram as lembran-ças da Vida espiritual de onde procederam, cultivaram o materialismo hedonista, distanciados da lucidez que os tornaria conscientes da transitoriedade do corpo e da eter-nidade do ser.

Uns se desvincularam dos nobres sentimentos de so-lidariedade humana e derraparam na crueldade, assinalan-do a existência por equívocos lamentáveis e erros de graves consequências. Outros se deixaram consumir pelos prazeres inesgotáveis, algemando-se aos vícios que ora os atormen-tam, sem poderem ser atendidos.

Muitos se permitiram dominar pelas paixões dissolventes, e o ódio os acompanhou além do decesso celular, vinculando-os àqueles que estimularam ou foram responsáveis pela situação penosa. Diversos mais, desinteressados das questões espirituais e dos deveres morais, transitaram no corpo sem compromissos com o bem ou com a solidariedade, e lamentam o tempo mal aplicado, que ora lhes produz arrependimento e mágoa.

Todos, porém, são nossos irmãos em despertamento de dor e de sombra, ignorando ou não o estado em que se encontram, sempre necessitados de compaixão e misericórdia.

Dentre muitos, destacam-se os perseguidores inclementes, que se converteram em obsessores temerários, permanecendo em lutas cruéis de vingança sem fim, nas quais igualmente se consomem. Não podem ser considerados apenas maus, como se houvessem sido criados para o desenvolvimento das tendências perversas e primárias. Antes, estão enfermos sem que se deem conta da gravidade do desequilíbrio. Não fruíram, possivelmente, das bênçãos do amor, que os tornariam melhores, ou não souberam aproveitar a oportunidade da reencarnação para crescer interiormente, e agora se agarram aos valores que consideram legítimos, mergulhando no paul das próprias e das aflições que infligem ao próximo, convertido em sua vítima.

Não os julgues pelo que estão praticando. Não têm razão, é certo, mas desconhecem a felicidade de ajudar e de serem úteis, permanecendo, por enquanto, no lado sombrio da sua realidade espiritual.

Sê tu aquele que socorre os irmãos em trevas interiores, amargurados e odientos, que merecem carinho e piedade.

Pensa na possibilidade de haveres sido convidado pela morte à Vida, e reflexiona sobre como te encontras e de que forma despertarias. Assim fazendo, ser-te-á fácil entender o que se passa com eles, tanto quanto gostarias que alguém te ajudasse na circunstância, oferecendo-lhes o teu contributo.

O verdadeiro cristão está sempre vigilante em relação ao compromisso de amar e de servir. Não escolhe onde nem quando cooperar, permanecendo ativo em todos os seus momentos. A sua é a alegria de produzir no bem e de auxiliar a todos quantos se encontram na retaguarda.

Como a morte é apenas um processo de libertação da vestimenta carnal, nem todos aqueles que sucumbem ao peso da desencarnação encontram-se em condições de experimentar a felicidade.

Pululam, desse modo, no Mundo espiritual, aqueles que ainda transitam em faixas de densas vibrações, seja pelo primarismo em que se encontram, seja porque se utilizaram indevidamente do patrimônio da reencarnação.

Instados pelas Leis Soberanas ao processo de evolução, experimentam as constrições de que se fizeram responsáveis, necessitando operar a renovação íntima, o que ocorre, muitas vezes, através do auxílio que recebem, quais alunos rebeldes que a reeducação aprimora.

Quando te depares com esses irmãos sofredores ou rebeldes, evita contender, impondo a tua vontade ou os teus conflitos em forma de orientação assinalada pela presunção ou prepotência. Antes, compadece-te deles, deixando perceber que estás interessado na sua felicidade e

Divaldo Franco / Joanna de Ângelis

que te dispões a ajudar sem outro senão o interesse de vê-los felizes.

Exorta-os ao bem com delicadeza e, quando desacatado, sê gentil, mas firme na exposição dos valores espirituais que a todos cabe conhecer e vivenciar, sem deter-te nos melindres que geram polêmicas e nas vaidades que conduzem a debates inúteis.

Quem se encontra asfixiado necessita de imediato recuperar-se da constrição que lhe impede a passagem do ar, antes que de complexas explicações que não liberam o oxigênio.

Assim, quando sejas convidado ao diálogo fraterno com os desencarnados em sofrimento, evita o exibicionismo verbalista e cuida de diminuir-lhes o sofrimento, envolvendo-os em dúlcidas vibrações de paz e de amor, aplicando-lhes também as energias refazentes por meio do passe terapêutico e saudável.

Não interrogues muito o aflito, que nem sempre conhece as razões profundas do seu desespero. Quando ele desperte para a realidade, identificará a causa dos sofrimentos e se resolverá pela mudança de conduta mental e moral. A ti cabe a tarefa de socorrer de imediato. Os resultados pertencem a Deus.

Diante dos obsessores e perseguidores implacáveis, jamais acuses ou nomine-os com epítetos infamantes. Eles sabem que são atrasados e ignorantes, embora se escondam na prosápia e na valentia que exteriorizam. Julgamento somente cabe ao Senhor da Vida.

Desperta, em qualquer situação, os sentimentos de bondade e de compreensão, que são indispensáveis para todos os jornadeiros da evolução, no corpo ou fora dele.

Quando Jesus defrontava obsessos e obsessores, sempre se ungia de compaixão para com os primeiros e de autoridade misericordiosa para com os segundos. Se os expulsava da área psíquica dos encarnados, era porque desejava auxiliar a ambos os contendores da pugna espiritual, aos dois socorrendo e informando àquele que se apresentava como vítima o dever de se cuidar e não voltar a incidir em erros, evitando-se, dessa maneira, que lhe acontecesse algo pior.

Recorda-te sempre de Jesus e, tomando-O como Modelo, saberás como lidar com quaisquer situações ou pessoas na carne ou fora dos seus limites, agindo com fraternidade e misericórdia.

Londres, Inglaterra, 12 de junho de 2001.

ÍNDICE ONOMÁSTICO

Academias de Medicina – 95
Ajácio – 15
Akhenaton – 147
Alexandre (Magno) – 13
Aristóteles – 13
Atenas – 14
Basílio – 66
Belém – 55
Boa-nova – ver Evangelho
Bonaparte, Napoleão – 15
Buda – 148
Carlos (Magno) – 14
Carlos VII – 14
César, Júlio – 13
Colégio Galileu – 31
Confúcio – 147
Consciência Divina – ver Deus
Córsega – 15
Cosmo, ver Universo – 167
Criador – ver Deus
Cruz, João da – 66
Curie (Mme.) – 136
D'Arc, Joana – 14
Darwin, Charles – 75
Decálogo – 178
Deus – 9, 12, 16, 26, 32, 43, 45, 48, 55, 56, 57, 62, 63, 66, 69, 71, 73, 82, 85, 90, 93, 96, 100, 101, 103, 105, 106, 107, 109, 111, 114, 115, 117, 118, 120, 121, 123, 129, 132, 133, 144, 147, 148, 149, 155, 157, 165, 179, 180, 187, 193, 198

Diógenes – 13
Domrémy – 14
Doutrina Espírita – ver Espiritismo
Espiritismo – 14, 15, 77, 143, 159, 179, 181
Espírito – 11, 13, 15, 24, 31, 37, 45, 48, 50, 57, 60, 62, 69, 75, 77, 78, 79, 82, 83, 85, 86, 87, 88, 93, 94, 95, 100, 101, 102, 117, 118, 120, 129, 130, 131, 132, 135, 137, 138, 141, 142, 143, 147, 148, 149, 150, 151, 155, 160, 165, 173, 175, 184, 191
Espiritualismo ancestral – 15
Eurásia – 13
Evangelho – 10, 13, 14, 21, 38, 63, 73, 102, 105, 112, 139, 175
Fiódor – 66
Flávia Júlia – 13
França – 14
Francisco (de Assis) – 66, 111, 113, 114, 157
Gália – 15
Galileia – 54
Gandhi, Mahatma – 32
Genesaré (Lago de) – 103
Godunov, Boris – 66
Guias da Humanidade – 25, 77
Guias espirituais – 96, 142, 143
Hamurabi – 147
Heidegger – 59
Hitler – 32

Igreja – 65
Inglaterra – 14
Isaías – 54
Israel – 14
Ivan (o Terrível) – 66
Jerônimo (S.) – 108
Jerusalém – 137
Jesus – 9, 10, 11, 12, 13, 15, 16, 21, 26, 31, 38, 45, 55, 56, 57, 63, 65, 66, 67, 70, 73, 91, 102, 103, 105, 107, 109, 114, 115, 130, 132, 137, 139, 145, 148, 157, 160, 161, 169, 175, 179, 180, 187, 199
João – 31, 107
Judas – 31, 150
Kardec, Allan – 10, 15, 77, 85, 148
Kierkegaard – 59
Krishna – 147
Livro dos Espíritos (O) – 77
Lua – 112
Lucas – 107
Luís, S. (Espírito) – 85
Macedônia – 13
Maomé – 147
Marcos – 107
Mateus – 107
Messias – ver Jesus
Mestre Galileu – ver Jesus
Mestre – ver Jesus
Moisés – 147
Natureza – 76, 79, 82, 114, 115, 123, 156, 157, 179, 185
Nazaré – 11, 55
Nicodemos – 130
Paulo – 13, 14, 137, 156
Pedro – 14
Pedro (d'Alcântara) – 66
Pereira, Nilson de Souza – 9

Pobrezinho de Assis – ver Francisco (de Assis)
Porciúncula – 112
Profetas – 55, 56
Rabi – ver Jesus
Reims – 14
Reino de Deus – 14, 26, 45, 63, 69, 71, 73, 103, 179, 193
Rivotorto – 112
Roma – 14, 178
Rússia – 66
Sábado – 97
Sermão da Montanha – 108
Sol – 115, 185
Tarso – 14
Teresa (d'Ávila) – 66
Terra – 7, 8, 9, 13, 14, 17, 18, 25, 57, 69, 70, 71, 73, 78, 81, 90, 93, 101, 108, 113, 114, 115, 117, 132, 135, 177
Testamento Antigo – 54
Úmbria – 112
Universo – 16, 23, 77, 85, 129, 147, 148, 165, 168, 180, 186
Vulgata Latina – 108

Anotações

Anotações

Anotações

Anotações

Anotações